부러진 코를 위한 발라드

This Publication of this translation has been made possible through the financial support of NORLA, Norwegian Literature Abroad
이 책은 NORLA에서 번역지원금을 받아 출간된 책입니다.

부러진 코를 위한 발라드

초판 1쇄 발행 | 2017년 12월 10일

지은이 | 아르네 스빙엔
옮긴이 | 손화수
펴낸이 | 김형호
펴낸곳 | 아름다운날
출판 등록 | 1999년 11월 22일
주소 | (121-837) 서울시 마포구 서교동 351-10 동보빌딩 202호
전화 | 02) 3142-8420
팩스 | 02) 3143-4154
E-메일 | arumbook@hanmail.net
ISBN 979-11-86809-47-1 (03850)

※ 잘못된 책은 본사나 구입하신 서점에서 교환하여 드립니다.

이 도서의 국립중앙도서관 출판예정도서목록(CIP)은 서지정보유통지원시스템 홈페이지(http://seoji.nl.go.kr)와 국가자료공동목록시스템(http://www.nl.go.kr/kolisnet)에서 이용하실 수 있습니다.(CIP제어번호: CIP2017002034)

부러진 코를 위한 발라드

Sangen om en brukket nese

아르네 스빙엔 지음 | 손화수 옮김

아름다운날

차례

내 삶의 제 1 장

이 정도쯤이야. 얼마든지 있을 수 있는 일이다.

나는 지금 바닥에 누워 있다. 몇 초 전만 하더라도 두 다리로 서 있었는데……. 세상이 빙글빙글 돌았지만 이전에 비해선 꽤 만족할 만했다. 어떤 펀치는 전혀 예상치 못하는 새에 느닷없이 훅 들어오기도 하니까.

뱃멀미를 하는 것 같다.

"괜찮아?"

고개를 끄덕이니 마치 빙빙 돌아가는 세탁기 속에 앉아 있는 것 같다.

"몸을 일으킬 수 있겠니?"

물론 몸을 일으키는 건 문제없다. 다만 그게 지금 당장은 쉽지 않다는 것뿐. 조금 더 기다려야 한다.

"일부러 그런 건 아냐."

그래. 일부러 정면으로 펀치를 날리진 않았으리라. 크리스티안은 죄책감 때문인지 쉴 새 없이 눈을 깜박였다.

나는 크리스티안을 꽤 좋아한다. 복싱 연습을 하러 오는 아이들은 모두 다 좋아한다. 그러니까 그 애들도 나를 좋아한다고 해서 놀라진 않을 거다.

"그대로 좀 놔 둬."

코치의 목소리였다. 그는 신념만 있다면 산도 움직일 수 있다고 입버릇처럼 말하곤 한다. 마음만 먹으면 나도 훌륭한 복싱 선수가 될 수 있다고 했다. 나는 코치의 말을 믿는다. 비록 그 말을 들은 날 저녁에는 그의 말을 의심하지 않을 수 없었지만 말이다. 그다음 날 아침에도, 학교에 간 후에도 마찬가지였다. 특히나 지금처럼 가만히 누워 있는데도 속이 울렁거리니 회의가 들기 시작했다.

코치와 크리스티안은 나를 부축해 일으켜 주었다. 나는 겨우 두 발로 설 수 있었다.

"좀 쉬어."

코치가 말했다.

고개를 끄덕일 수가 없었다. 나는 벤치에 앉아 어지럼증이 사라지기를 기다렸다.

"복싱을 할 때는 얼마나 많이 쓰러지는가가 아니라, 얼마나 많이 다시 일어날 수 있는가 하는 점이 중요한 거야."

코치가 헬멧을 벗겨 주고 얼음주머니를 건넸다.

"당연하죠. 어쨌든 오늘은 이쯤에서 훈련을 마쳐야 할 것 같아요."

"수요일 날은 올 거지?"

"네!"

크리스티안은 내 어깨를 두드려 주었다. 크리스티안의 집이 우리 집과 반대 방향만 아니라면 방과 후에도 자주 만날 수 있을 텐데.

집으로 가는 길에야 눈 주위에 통증이 느껴지기 시작했다. 하지만 곧 가셨고 앞을 보는 데는 문제가 없었다.

이어폰을 끼자 엄마의 목소리가 머릿속에 메아리처럼 울려 퍼졌다. '잘 모르는 사람에겐 마음을 열지 마.' 현관문에 뚫려 있는 보안구멍을 통해 밖을 내다보니 유니폼을 입고 신분증을 목에 건 남자가 서 있었다. 신분증에는 하프슬룬이라는 회사명과 유니폼을 입은 남자와 비슷하게 생긴 사람의 사진이 박혀 있었다.

연거푸 초인종을 누르던 남자는 현관문을 두드리기 시작했다. 바로 이런 사람에겐 문을 열어 주면 안 된다는 생각이 스쳤다. 하지만 그의 신분증은 그럴싸하게 코팅되어 있었고 그는 꽤 전문적인 직업을 가진 사람처럼 보였다. 호기심을 이기지 못한 나는 결국 현관문을 열어 주고 말았다.

"에리카 나룸 씨, 집에 계십니까?"

안전고리를 건 채 살짝 연 문틈으로 고개를 들이밀고 그가 소리쳤다.

"엄마는 집에 안 계시는데요?"

"전기를 끊으러 왔어."

엄마는 가끔 집으로 날아온 청구서를 챙기지 않을 때가 있다. 누구에게나 있을 수 있는 일이다. 바쁘게 하루하루를 보내다 보면 기억해야 할 일이 한두 가지가 아닌데다, 특히 돈을 내야 하는 청구서는 기억하기가 쉽지 않을 테니까.

"그건 안 돼요."

나는 애써 슬픈 목소리로 말했다.

"미안하다. 전기 요금을 내지 않았기 때문에 나로서도 어쩔 수가 없구나."

"제가 죽길 바라세요?"

나는 내가 낼 수 있는 가장 슬픈 목소리를 짜내 말했다.

"이제 곧 여름이 오니까 전기가 들어오지 않는다고 죽진 않을 거야."

"아니에요."

나는 마치 산소가 부족하기라도 한 듯 힘들여 깊은 숨을 쉰 뒤 말을 이었다.

"저는 밤에 잘 때 옥시젠 텐트 안에서 자야만 해요. 그래야 숨을 쉴 수 있거든요. 전기가 들어오지 않으면 옥시젠 텐트의 산소 발생기가 작동하지 않을 테고, 그러면 저는 죽을 수밖에 없어요."

남자가 나를 물끄러미 바라보았다.

"옥시젠 텐트?"

"선천적으로 폐에 이상이 있어서 그래요. 제 옥시젠 텐트를 보여드릴까요?"

나는 숨을 쉴 때 바람 소리가 나도록 목에 한껏 힘을 주었다.

"아냐, 아냐. 됐어. 그렇구나……. 그럼 오늘은 그냥 갈게. 하지만 엄마가 오시면 전기요금을 꼭 내라고 좀 전해 주겠니?"

"엄마가 깜박 잊었을 거예요."

"일 년이나 넘게?"

나는 어깨를 으쓱 추켜 보였다. 무슨 말이라도 더 하게 되면 더더욱 바보 같은 거짓말을 해야 될 것 같아서였다. 나는 아무 말도 하지 않고 순진한 눈빛을 만들어 그를 쳐다보았다.

"다음에 다시 올게."

"들러주셔서 고마워요."

현관문을 닫고 나서 나는 안도의 숨을 내쉬었다. 물론 내겐 옥시젠 텐트 같은 것은 없었다. 숨을 쉬지 못해 죽을 일도 없었다. 사실 난 거짓말을 잘 하지 않는다. 적어도 매일 하진 않는다.

이 세상에는 불가피한 거짓말이 수도 없이 많다. 기괴한 머리 모양을 한 사람, 이상한 바지를 입은 사람, 온갖 바보 같은 짓을 하는 사람, 그런 사람들을 향해 마음에 있는 대로 솔직하게 다 말할 수는 없는 일 아닌가. 적어도 나는 그렇게 못한다. 그런 사람들을 보면 그냥 입을 다물어 버린다. 나는 입을 다물고 있을 때가 그렇지 않을 때보다 훨씬 더 많다.

전기가 들어오지 않으면 산속의 오두막에서 사는 것과 별반 다르지 않을 거다. 청동기 시대에 사는 것과 비슷하겠지. 엄마에겐 아무 말도 하지 않는 게 좋을 것 같다. 엄마는 조그만 일에도 쉽게 낙심하고 절망하는 사람이니까.

우리처럼 살면 가끔은 집에 혼자 있는 것도 나쁘지 않다. 나는 자러 가기 전에 소파에서 텔레비전을 보았다.

쉽게 잠이 들면, 쉽게 깨기 마련이다. 갑자기 엄마가 내 옆에 걸터앉아 뭐라고 중얼거렸다.

"뭐라고 엄마?"

"안녕, 사랑하는 아들."

엄마는 나를 끌어안으며 말했다.

"넌 참 좋은 아들이야. 너무너무 착한 아들이라고."

"엄마도 참 좋은 엄마야."

엄마는 나를 오랫동안 안고 있었다. 엄마는 나를 좋아한다. 정말 좋아한다. 나도 엄마를 좋아한다. 엄마는 내가 얼마나 좋은 아들인지 계속, 쉬지 않고 말했다. 잠시 후, 엄마가 바닥에 드러누웠다. 나는 엄마를 부축해 소파 위에 눕히고 담요를 덮어 주었다.

"넌 참 착한 아들이야. 사랑하는 아들."

엄마는 혼잣말처럼 나직이 말하고는 잠에 빠져들었다.

지금 창밖 어디에선가 별똥별이 쏟아지고 있겠지.

내 삶의 제 2 장

♪♫♪

눈을 뜨니 엄마는 천장을 향해 입을 벌린 채 자고 있었다. 담요는 바닥에 떨어져 있었다.

담요를 주워 올리려고 몸을 일으켰다. 순간, 눈에 통증이 왔다. 심한 통증은 아니었지만 눈을 깜박이기가 쉽지 않았다. 다행히 방 안이 빙글빙글 도는 듯한 어지럼증은 일어나지 않았다. 나는 담요를 집어 들고 엄마가 깨지 않게 조심스레 덮어 주었다.

오늘 아침은 내가 만들었다. 매일 그런 건 아니다. 가끔은 엄마가 아침에 오믈렛을 만들어 주고 내 앞에 앉아 수다를 떨기도 한다. 그럴 때면 엄마의 수다를 피해 얼른 그 자리를 뛰쳐나가고 싶은 마음이 들기도 한다. 나는 하루를 시작할 때는 그저 멍하니 생각이 가는 대로 놓아두는 것이 좋다.

다행히 빵은 아침을 먹고 도시락을 싸도 될 만큼 충분했다. 나는 엄마를 위해 메모를 남겨 두었다. '푹 잤어? 저녁거리가 필요할 것 같아. 수업 끝나고 마트에 가서 장을 볼게. 사랑해. 바르트.'

그렇다. 내 이름은 바르트다. 영어의 바아아알트가 아니라 노르웨이어의 바르트(bart, 노르웨이어로 콧수염이라는 뜻). 화물차 운전사를 연상시키듯 얼굴 한 중앙에 자리한 털을 의미하는 바르트다. 적어도 발음은 콧수염을 뜻하는 바르트와 똑같다. 비록 내 이름은 '심슨가족(The Simpsons, 미국의 시트콤 에니메이션)'의 자그마하고 노란 남자애의 이름을 딴 것이긴 하지만 말이다. 그렇다고 엄마와 내가 '심슨가족'을 매일 보는 것은 아니다. 텔레비전은 거의 하루 종일 켜져 있지만 그 프로그램은 가끔, 우연히 보는 것이 전부다. 엄마는 '심슨가족'을 볼 때마다 내가 혼자서도 이 험한 세상을 잘 살아나갈 수 있는 강한 남자가 되기를 바란다고 말했다.

"엄마, 저기 나오는 바르트는 겨우 열 살이야."

"언젠가는 열세 살이 될 거야."

"아니야. 매년 똑같아. 항상 열 살이란 말야."

엄마는 강하고 터프한 아들을 원하는 게 분명하다. 그러니까 나를 복싱 체육관에 보낸 거겠지. '나중에 커서 어른이 되면 나를 고맙게 생각하게 될 거야.' 엄마는 자주 이렇게 말했다.

빚 독촉이나 하러 다니는 양아치가 될 마음은 없지만, 혹시라도 누군가가 나를 납작하게 때려눕히려고 내 뒤를 쫓는 일이 생길지도 모른다. 그렇다면 나는 엄마에게 감사해야 하겠지. 물론 그건 싸움에서 누가 이기느냐에 따라 달라질지도 모르지만.

어쨌든 나는 바르트 심슨과는 거리가 멀다. 내 이름이 너무나 마음에 들지 않지만 이미 때는 늦었다.

집에서 학교까지 가는 데는 9분 30초가 걸린다. 오늘은 1교시 시작종이 치기 11분 전에 집을 나섰다.

수업 시작종이 울리기 직전, 교문 앞에 서서 심호흡을 했다. '새로운 하루, 새로운 기회.' 누가 말했더라. 무언가 그럴 듯한 말을 하는 사람들은 실제로 그것이 어떤 의미를 지니고 있는지 잘 모르면서 하는 경우도 많다. 하지만 이 말을 한 사람은 그 뜻을 정확히 알고 한 것이 틀림없다. 삶이 아름다운 이유는 매일매일 우리에게 무슨 일이 일어날지 모르기 때문이다. 하루하루는 우리에게 선물과도 같다. 선물 포장지를 뜯어야만 그 속에 무엇이 들어 있는지 알 수 있으니까. 나는 운동장에 들어서기 전에 한 번 더 깊은 숨을 들이마셨다. 살다 보면 항상 좋은 일만 생기는 것도 아니니 말이다.

분명 어떤 아이들은 내가 왕따를 당하거나 놀림을 받을 거라고 생각할 것이다. 그건 아주 잘못된 생각이다.

나는 별명도 없다. 내 필통을 숨기는 아이도 없고, 욕실 변기에 내 머리를 밀어넣는 아이도 없다. 나는 아이들의 놀림감과는 거리가 먼 사람이다.

우리 반에는 베르트람이라는 애가 있다. 그렇다. 그 애도 나처럼 흔치 않은 이름을 가졌다. 나는 항상 베르트람과는 거리를 두려고 애를 쓴다. 바르트와 베르트람. 언뜻 들으면 같은 반 친구라기보다 서커스의 광대 커플 같다.

베르트람은 아이들에게 자주 왕따를 당하고 놀림을 받는다. 그렇다고 창밖에 멜빵으로 대롱대롱 매달아 두는 정도는 아니다. 아이들이 베르트람을 괴롭히는 방식은 다양하다. 선생님이 눈치채지 못할 정도로 가볍지만 당사자에겐 못이 박힐 수도 있는 말을 던지는 아이도 있고, 옆 사람도 눈치채지 못하게 발을 건다든지 필통을 감추는 아이도 있다. 베르트람은 이런 일을 당해도 절대 고자질을 하지 않는다. 단지 아이들에게서 멀찍이 떨어져 홀로 다닐 뿐이다. 아마 그의 머릿속에는 '도대체 내가 뭘 잘못했지' 라는 생각만 잔뜩 들어 있을 것이다.

그렇다 해도 내가 뭘 어떻게 하겠나…….

난 베르트람이 우리 그룹에 낄 수 있도록 도와줄 수 있다. 하지만 솔직히 내게 그럴 만한 힘이 있는진 모르겠다.

나는 자주 함께 모이는 애들 쪽으로 걸어갔다. 우리는 둥그렇게 원을 그리고 서서 전날 텔레비전에서 보았던 프로그램이나 인터넷에서 읽은 것들을 주제로 이야기를 나눈다.

"얼굴이 왜 그래? 무슨 일 있었어?"

아이들 중 한 명이 내 눈을 보고 물었다.

"별일 아냐. 소파에서 좀……."

이쯤 되면 누군가 이어서 되받아칠 만도 하다. 이를테면 '소파가 너를 공격해 왔냐?' 또는 '그래서 소파가 죽었니?' 정도로.

하지만 이어지는 대사는 하나도 없었다. 우리는 그 정도로 친하진 않기 때문이다.

내가 복싱을 한다는 건 아무도 모른다. 사실 학교 아이들은 나에 대해 잘 모른다. 한번은 각자의 취미에 대해 이야기한 적이 있다. 나는 연쇄살인범의 사진을 수집하는 것이라고 했다. 물론 사실이 아니다. 하지만 다른 아이들의 입을 다물게 할 수 있는 무시무시한 취미인 것만은 확실했다. 만약 내 취미가 복싱이라고 했다면 당장 그날 쉬는 시간에 내 복싱 실력을 시험해 보기 위해 누군가 내게 주먹질을 했을 거다.

교실에서는 두 명씩 짝을 지어 앉는다. 난 자리 배정에 있어서 만큼은 꽤 행운아라고 할 수 있다. 내 짝은 아다이다. 아다는 우리 반에서 제일 착한 여자애다. 적어도 착한 것으로 따지자면 세 손가락 안에는 든다고 할 수 있다. 아다가 미소를 지을 때면 이가 환히 드러난다. 그 이는 금방 내린 눈처럼 새하얗다.

그렇다고 내가 아다를 좋아하는 건 아니다. 솔직히 여자애들에 대해 조금이라도 호의적인 말을 하면, 사람들은 둘이 사귀냐고 놀리기 일쑤다. 그런 쓸데없는 상상은 아예 처음부터 안 하는 것이 좋다. 나는 아다와 사귈 마음도 없고, 그런 일도 일어나지 않을 것이다. 아예 불가능한 일이기 때문이다. 나도 그 정도는 알고 있다. 친구로 지내는 것도 쉽지 않을 것이다. 하지만 교실에서만큼은 짝꿍이다. 그건 내가 정한 게 아니다.

"안녕!"

나는 아다에게 인사했다.

"안녕, 바르트!"

아다에게 마음에 들지 않는 점이 딱 하나 있다면, 내 이름을 필요 이상으로 자주 부른다는 것이다. 바르트라는 내 이름은 아다의 입속에 마치 각진 돌멩이처럼 박혀 있을지도 모른다. '봅'이라든가 '로날도'라는 이름이었으면 좋았을 텐데.

"너 주려고 이 사진을 오려 왔어."

아다는 인터넷 신문을 프린트해서 잘라낸 듯한 사진 한 장을 내게 내밀었다. 눈썹이 더부룩한 남자의 사진이었다.

사진 속의 남자 이름은 조 헨더슨이라고 했다. 그는 최소 다섯 명의 여인을 죽인 살인범이었다. 어쩌면 그가 죽인 사람은 열 명 이상일지도 모른다. 아다가 연쇄살인범의 사진을 가져와 내게 건네준 것이 이번이 처음은 아니다.

"오, 고마워. 이 사람 사진은 없었는데, 잘됐다."

지금까지 아다가 내게 준 연쇄살인범의 사진들에 어떤 것이 있는지 가끔 확인해 봐야겠다는 생각이 들었다. 나는 아다가 준 사진들을 모두 봉투에 넣어서 침대 매트리스 밑에 숨겨 두었다. 만약 엄마가 봉투를 발견한다면 뭐라고 설명해야 할까. 하지만 침대보를 가는 일은 내가 하니까 크게 걱정할 필요는 없다. 나는 아다가 준 사진을 가방에 넣었다.

아다의 취미는 무용이다. 하지만 내가 무용수용 레깅스를 아다에게 줄 일은 없을 것이다.

이쯤 되면 누구나 아다가 나한테 관심이 있다고 생각할 것이다. 천만에. 그건 절대 아니다. 아다는 남자친구가 있다고 했다. 벌써 몇 번이나 그런 말을 한 적이 있다. 아다의 남친은 지금은 잘 기억이 나지 않는 어느 도시에 살고 있다. 그 도시에는 아다의 가족들이 자주 들르는 별장이 있고, 아다의 남친은 별장 옆에 살고 있으며, 우리보다 학년이 높은 중학생이라고 했다.

"수학 숙제를 못 했어. 하나도 이해를 못 하겠더라."

아다가 말했다.

그럼 그렇지. 아다는 수학 숙제를 베끼려고 내게 연쇄살인범 사진을 준 것이 분명하다.

"내가 해온 걸 봐도 돼."

나는 수학 공책을 아다에게 내밀었다.

아다는 재빨리 숙제를 베꼈다.

"고마워, 바르트."

담임 에길은 뻣뻣한 머리카락에, 시도 때도 없이 잔소리를 하는 남자 선생이다. 소싯적에는 미니 골프 전국 대회에서 우승을 한 적도 있다는데, 지금은 교단에서 열정적으로 우리를 가르치고 있다.

"얘들아, 조용히! 지금부터 아주 중요한 이야기를 하려고 하니까."

창가 자리에 앉아 있는 남자애들 몇 명이 선생님의 말에 개의치 않고 계속 떠들었다.

"거기, 좀 조용히 해! 이제 주목해 봐. 이미 너희들도 알다시피 방학 전 학예회를 우리 학년이 주관하기로 했다. 목표는 작년보다 훨씬 나은 학예회 프로그램을 만드는 거야. 작년 학예회는 엄청난 실패작이었던 거 알지. 올해는 그런 일이 없어야겠지? 적어도 우리는 옆 반인 B반보다 잘해야 한다. 그러려면 환상적인 프로그램을 짜야 해! 누구든 절대 뒤로 빠지는 일이 없길 바란다."

"난 학예회 때 춤을 출 거야."

아다가 내게 나직하게 속삭였다.

"그래? 기대할게."

"교실 뒤편 벽에 백지 프로그램을 걸어 둘 테니, 참가하고 싶은 사람들은 거기에 이름을 적어라. 봐, 프로그램 용지 색깔도 멋지지?"

살면서 내가 확신을 할 수 일은 그리 많지 않다. 하지만 결단코 학예회에 참가하지 않는다는 것만큼은 확신할 수 있다.

지루한 세계사 수업이 끝나고 마침내 쉬는 시간이다. 이제야 아이들의 얼굴에 생기가 돈다.

나는 아이들 무리에 잘 끼지 않는다. 그렇다고 홀로 어슬렁거리며 돌아다니는 것도 좋아하지 않는다. 혼자만의 생각에 빠져 걷다 보면 어느새 학교의 담장 주변을 서성이고 있다는 걸 알게 된다. 그 근처는 베르트람이 혼자 잘 다니는 곳이다. 나는 얼른 고개를 들고 주변에 베르트람이 있는지 살펴보았다. 다행히 그는 보이지 않았다. 나는 서둘러 발길을 돌려 가끔 함께 둥그렇게 서서 이야기를 하곤 하는 그룹에게로 다가갔다. 그들은 학예회 이야기를 하고 있었다. 보아하니 모두들 학예회에 참가하고 싶은 눈치였다. 학예회 때 이름을 알리는 것이 마치 온 세상의 명예를 다 가져다줄 것처럼 생각들 하는 모양이다.

"바르트, 넌 나가지 않을 거지?"

갑자기 아이들 중 한 명이 내게 물었다.

그 애가 내 이름을 말하지 않았더라면 얼마나 좋았을까. 난 그 애의 이름을 기억하지 못한다. 학교 친구라면 이름 정도는 알아야 한다고 생각하는 사람들이 많을 것이다. 물론 일리 있는 말이긴 하다.

솔직히 말하면, 우리는 어려울 때는 서로를 도와주고, 재미있는 일이 있으면 함께 하는 그런 친구는 아니다. 내가 가끔 끼는 이 그룹은 학급의 중심이라고 할 수 있는 몇몇 그룹에서 제외된 아이들이 모이는 그룹이다. 그렇다고 우리가 왕따를 당하거나 전혀 학급 일에 관심을 가지지 않는 건 아니다. 우리는 이 그룹을 '무인도'라고 불렀다. 물론 나는 이 단어를 입 밖에 내 본 적은 없다.

이들도 무언가 잘하는 것이 있을 거다. 하지만 나는 이 아이들에 대해 잘 모른다. 이들 중 누군가가 세상을 떠난다면 나도 다른 아이들과 마찬가지로 슬퍼하겠지만, 목을 놓아 통곡하진 않을 거란 뜻이다. 내 삶에는 그것 말고도 슬퍼하고 걱정해야 할 일이 한두 가지가 아니다. 내 이야기를 털어놓을 수도 있지만, 아직은 때가 아닌 것 같다. 왜냐하면 지금은 아이들의 질문에 대답을 해 줘야 하니까.

"어…… 응. 그래."

아무도 그 이유를 묻지 않았다. 학예회에서 무언가 같이 해 보자고 제안하는 아이도 없었다. 아이들은 고개만 끄덕이고는 다른 이야기를 하기 시작했다. 어떤 애는 악기를 연주하겠다고 했고, 또 다른 애는 요요 기술을 보여주겠다고 자랑스럽게 말했다. 올해는 성공적인 학예회가 될 것 같다.

학교생활은 내 생활의 다른 부분과 마찬가지로 높낮이에 큰 변화가 없다. 아주 즐겁거나 기쁜 일은 거의 일어나지 않는다. 앗, 바지의 헤진 사타구니 부분이 결국 뜯어지고 말았다. 다행히 아직 이걸 본 사람은 아무도 없는 것 같지만, 아무도 보지 않았다고 해서 이미 일어난 일을 없었던 일이 되지 않는 게 문제다.

방과 후 집으로 가는 길, 이어폰을 귀에 꽂으려는 찰나, 아다가 내 곁으로 다가왔다. 우리 집은 그 애의 집과 반대 방향이기에 좀 이상했다. 물론 나는 아다가 정확히 어디에 사는지는 모른다. 그렇지만 집에 가는 길에 마주친 것은 의아스러웠다.

"바지는 괜찮아?"

"바지? 무슨 바지? 이거? 뭐가 잘못됐니?"

"어…… 아무것도 아냐. 그런데 뭘 듣고 있니?"

아다가 이어폰을 턱으로 가리키며 물었다.

"뭐, 이것저것……."

"그래? 나도 이것저것…… 여러 장르의 음악을 즐겨 들어."

"그래. 그게 좋은 것 같아."

"듣는 장르가 많이 다르니?"

"글쎄…… 어쨌거나 비슷하다고 하기는 어려우니까……."

"그렇구나. 좀 들어 봐도 될까? 이것저것 다른 장르의 음악들……? 얼마나 다른지 한번 들어 봤으면 좋겠어."

"어…… 응…… 물론이지."

우리는 어려운 일이 생기면 두 팔을 활짝 벌리고 힘차게 도전해야 한다. 아다는 내가 얼마나 다른 장르의 음악을 즐겨 듣는지 직접 들어 보고 싶다고 했다. 솔직히 나는 눈앞에 닥친 이 난관을 어떻게 받아들이고 해결해야 할지 아무 생각도 나지 않는다.

내 바지 주머니에는 오래된 엠피쓰리가 들어 있다. 여기에 저장되어 있는 음악들은 거의 대부분 집채만 한 몸집을 한 사람들이 부르는 노래들이며, 거의 비슷하다. 창틀이 흔들릴 정도로 엄청난 성량의 노래를 듣는다면, 내 귀에는 서로 다르게 들려도 아다는 비슷하다고 느낄 게 분명했다.

"어, 배터리가 거의 바닥이 났어."

나는 엠피쓰리를 얼른 주머니 속에 다시 집어넣었다.

"그래도 딱 한 곡 정도는 들어볼 수 있지 않을까?"

내 또래의 아이들 중에 오페라를 즐겨 듣는 아이는 도대체 몇 명이나 될까? 아무도 없다. 오페라가 묵직한 노래라는 것쯤은 나도 인정한다. 오페라를 좋게 말하는 사람도 별로 없고, 오페라의 주제는 대부분 죽음이라는 것도 인정한다. 하지만 나는 오페라 가수들의 목소리가 좋다. 듣다 보면 귀에 땀이 흐를 정도로 묵직한 바리톤 음성, 기름을 친 듯 매끈한 목소리, 엄청난 폐활량과 단단한 배 근육, 이 모든 것들이 합쳐지면 갑자기 귀를 의심할 정도의 엄청난 소리를 만들어낼 수 있다.

내게 선택의 여지가 있을까?

나는 엠피쓰리의 곡 목록을 훑어보았다. 진작에 디즈니 채널의 아이돌 가수들의 노래도 좀 저장해 놓을걸. 하지만 이미 때는 늦었다. 나는 브린 테르펠(Bryn Terfel, 세계 3대 베이스 바리톤으로 꼽히는 오페라 가수)을 골랐다. 그는 웨일즈 출신으로 황소를 연상시키는 오페라 가수인데, 내가 들어본 그 어느 오페라 가수보다 노래를 잘 부른다.

아다가 이어폰을 귀에 꽂자, 선이 좀 더 길었으면 좋았을걸 싶었다. 우리는 딱 붙어서 걷기 시작했다.

문득, 내가 오페라를 즐겨 듣는다고 아다가 학교에 소문을 낸다 해도 그다지 크게 걱정할 일은 아니라는 생각이 들었다. 아이들은 단지 나를 이전보다 좀 더 특이한 애라고 생각하겠지. 연쇄살인범의 사진을 모은다는 소문까지 퍼지면 정말 특이한 애라고 입을 모을 것이다. 물론, 인기를 얻을 마음도 없다. 내 목표는 회색지대에 서 있는 것이다. 하지만 그러기 위해 균형을 잡는 일은 결코 쉽지 않다.

아다가 나를 바라보았다. 나는 아다의 놀란 표정을 기대했다. 어처구니없다는 웃음소리와 함께. 그러면 나는 장난을 쳤다고 둘러댈 생각이었다.

"와, 굉장한걸!"

"어…… 뭐?!"

"굉장하다고!"

아다는 길 가던 사람들이 다 돌아볼 정도로 큰 소리로 말했다.

나는 고개를 끄덕였다. 진심으로 하는 말일까? 아다는 조금 더 들은 후에 이어폰을 빼서 내게 돌려주었다.

"목소리가 굉장히 아름다워. 그런데 네 엠피쓰리에는 오페라 말고 다른 장르의 음악은 없니?"

올 것이 왔다는 생각이 들었다. 이런 일을 예상하고 미리미리 레이디 가가(Lady GaGa, 미국의 팝 가수)의 음악을 한 두 개 정도 저장해 놨어야 했다.

"글쎄……."

"그러니까, 넌 이런 종류의 음악만 좋아하니?"

"아냐, 난 정말 여러 종류의 음악을 즐겨 들어. 하지만 가끔은…… 이런 음악도…… 좋아해. 아주 드물긴 하지만 말야."

"솔직히 말해 봐. 넌 이런 음악만 좋아하지? 맞지?"

여자애들의 문제는 바로 이거다. 그들은 남자애들이 무슨 말을 하든 그 속내를 대번에 간파해 버린다. 놀랍기도 하고 무섭기도 하다.

"응…… 맞아."

"직접 노래를 하기도 하니?"

진정으로 두려워지기 시작했다. 여자애들은 초능력을 가진 게 틀림없다. 그들은 내 얼굴 표정이 약간이라도 변하거나, 내가 입만 살짝 벌려도 내 생각을 환하게 읽어낼 수 있는 모양이다.

"어…… 직접…… 하기도 해."

내 입은 내 뇌가 생각했던 것과는 전혀 다른 말을 뱉어 놓았다. 절대 남들에게 하지 않으려 결심했던 말을 해 버린 것이다. 이상하게도 아다는 이미 알고 있었을지도 모른다는 생각이 들었다.

"멋있어."

"정말……?"

"다른 애들이 하는 걸 생각해 봐. 축구 클럽이나 밴드에서 노는 게 전부잖아. 넌 얼마나 많은 여자애들이 방과 후에 무용을 배우는지 아니? 거의 대부분이야! 그런데 넌, 넌 오페라를 하잖아."

"그리 잘하는 건 아냐."

"요점은 그게 아니잖아."

숨이 차기 시작했다. 빨리 걷고 있는 것도 아닌데 말이다.

"네 노래를 들어 봤으면 좋겠다."

나는 당황하기 시작했다. 아다가 진심으로 하는 소릴까?

"글쎄……."

나는 주변을 두리번거리며 말끝을 흐렸다.

거리에서 오페라를 부르는 건 불가능하다고 말하면 정당한 이유가 될까? 차라리 목이 아프다고 할까?

아다는 결코 멍청한 아이가 아니다. 게다가 미소를 지을 때면 새하얀 이가 환히 드러나기까지 한다.

"녹음해 볼게. 반주가 있으면 더 잘하거든."

그건 사실이다.

"좋아. 정말 기대된다."

"오늘 저녁에 녹음해 보지 뭐."

"그래. 난 저기 살아."

아다는 손가락으로 학교 쪽을 가리키며 말했다.

나는 고개를 끄덕이고는 쭈뼛쭈뼛 손을 들어 작별 인사를 건넸다.

"난 네가 자주 웃는 게 좋더라. 웃는 모습이 참 좋아."

아다는 걷기 시작했다. 나는 제자리에 가만히 서 있었다. 도대체 아다는 무슨 마음으로 내게 그런 말을 했을까? 정말 내 웃는 모습이 보기 좋은 걸까? 여자애들은 무슨 의도로 이렇게 자주 남자애들이 이해할 수 없는 말을 툭툭 던지는 걸까? 나는 거울을 보며 웃어 본 적이 거의 없기 때문에 아다의 말이 사실인지 아닌지 가늠할 수가 없었다.

그런데 남들의 눈에 비친 내 모습은 어떨까? 나는 키가 꽤 작은 편이다. 그렇다고 난쟁이는 아니지만, 지금보다 15~20센티미터 정도만 더 크면 바랄 것이 없을 것 같다. 내 머리카락은 갈색이며 꽤 짧은 편이다. 머리는 엄마가 깎아 주신다. 눈동자는 푸른색이다. 바다나 하늘을 연상시키는 색이 아니라 바랜 청바지를 연상시키는 푸른색이다.

나는 항상 남들의 눈에 잘 띄지 않는 평범한 외모를 지녔다고 생각해 왔다. 마주 보고 이야기를 하다가도 눈을 돌리면 금방 어떻게 생겼는지 잊어버릴 정도의 평범한 외모. 차라리 긴 코나 뻐드렁니를 지녔다면 남들이 더 기억하기 좋을 텐데. 좀 더 크면 목 주위에 구불구불한 뱀 문신을 해 보는 것도 좋을 것 같다. 그리 마음이 내키지 않는 일이긴 하지만 말이다.

나는 심호흡을 하고 집으로 발걸음을 옮겼다. 그렇다. 학교에 갈 때뿐 아니라 집으로 갈 때도 가끔 나는 심호흡을 하곤 한다.

내 삶의 제 3 장

“잘생긴 우리 아들 얼굴이 왜 이렇게 됐어? 무슨 일이야?”

엄마가 내 눈을 보며 소리쳤다.

“복싱 연습하다 그런 거야.”

“정말이야? 그랬구나…….”

엄마는 내 머리를 쓰다듬었다. 엄마는 몸에 꼭 끼는 모닝가운을 입고 있었다.

“다음에는 네가 상대에게 본때를 보여주렴.”

엄마는 미소를 띠며 말했다.

“그럴 수도 있겠지.”

“넌 타고난 싸움꾼이야. 알지?”

나는 엄마의 말에 뭐라 대답해야 할지 난감해서 어색한 미소만 지어 보였다. 엄마는 내가 미소를 지으면 항상 그 미소를 되돌려 준다. 엄마의 미소엔 아랫니 하나가 부족하긴 하지만 나는 상관없다.

내 외모에 대해 조금 설명을 했으니 이젠 엄마와 우리 집에 대해서도 조금 설명을 해야 할 것 같다. 나는 가끔 무언가를 설명할 때 적당한 단어를 찾기 힘들어 고심하곤 한다. 엄마는 베개처럼 부드럽고 푹신한 사람이며, 우리 집은 왕이 사는 성보다는 작다고 하면 될까?

"오늘 저녁엔 레마1000(Rema1000, 노르웨이의 슈퍼마켓 체인 중 하나)에서 야근을 할 거야."

엄마가 말했다.

"그래? 잘됐네."

엄마가 슈퍼마켓에서 늦게까지 일을 할 때면, 가끔 유통기한이 지난 음식을 가지고 오기도 한다. 얼마 전에는 돼지고기와 비엔나소시지를 가져왔다. 우리는 그날 배가 터지도록 먹었다. 나는 엄마가 좀 더 자주 일을 하러 밖에 나갔으면 좋겠다고 생각했다.

"오늘은 저녁거리가 없구나. 팝콘으로 저녁을 때우면 안 될까?"

엄마가 말했다.

"그리 배가 고프진 않아."

"미안해. 집에 팝콘밖에 없어서……."

"괜찮아. 팝콘 먹으면 돼."

나는 엄마 마음을 아프게 하고 싶지 않았다. 솔직히 팝콘은 꽤 맛이 있다. 문제라면 아무리 먹어도 배가 부르지 않다는 것이다. 팝콘은 공기로 만든 것처럼 먹어도 배가 부르지 않고 짜기만 하다. 그래서 팝콘을 먹으면 배가 부르기도 전에 배앓이를 하기 일쑤다.

"집에 올 때 맛있는 걸 가져올게. 약속!"

"엄마가 집에 올 때쯤이면 난 이미 잠들어 있을지도 몰라."

"그러면 내일 아침에 먹으면 되잖아."

"좋아."

'좋아.'라는 말은 내가 자주 쓰는 말이다. 물론 진심으로 좋아서 하는 말은 아니다. '알았어.'라든가 '네,' 또는 아예 아무 대답도 하지 않으면 부정적으로 보일까 봐 '좋아.'라고 대답한다.

"엄마가 다시 일을 할 수 있게 돼서 다행이야."

"이번에는 오래 해 볼 생각이야. 약속!"

"좋아."

나는 다시 '좋아.'라고 하고 말았다. 마음 같아선 '지킬 수 없는 말은 아예 처음부터 하지 않는 게 좋아.' 라든가, '두고 볼게.'라고 하고 싶었다. 하지만 나는 그런 말을 입 밖에 낼 수 있는 사람과는 거리가 멀다. 무엇보다 그런 말을 하면 분위기가 가라앉을 게 뻔했다. 집 안의 분위기가 가라앉으면 그날 다른 일에도 부정적인 영향을 미치게 된다.

"내일 외할머니가 잠시 들른다고 했어. 우리가 무슨 말을 할지 미리 입을 맞추는 게 좋을 것 같아."

"응."

나는 하프슬룬 유니폼을 입고 찾아왔던 남자 이야기는 입 밖에 꺼내지 않았다. 대신 학예회 이야기를 했다.

"너도 뭔가 할 생각이니?"

엄마가 물었다.

"아니."

"이번에는 나도 한번 가 볼까 싶은데……."

"좋아."

"진심으로 하는 말이야, 바르트. 이번에는 정말 학예회 구경을 갈 생각이라고."

"그날 바쁜 일이 없다면……."

"그래, 두고 봐야겠지. 어쨌든, 난 갈 생각이야."

엄마는 학교 행사에 오는 일이 거의 없다. 나는 그 이유를 알 것 같다. 사람들은 모두 다르기 마련이다. 그러니 한 번쯤은 엄마도 학교에 와 보는 것이 좋다고 생각한다. 하지만 정말 나는 그걸 원하는 것일까? 이건 아주 어려운 질문이다.

엄마가 집에서 나간 후, 나는 음악을 틀고 심호흡을 하고 길고 긴 음으로 시작되는 노래를 부르기 시작했다. 두 번 정도 연습을 하고 나서 컴퓨터의 녹음 버튼을 눌렀다. 나는 전문적인 오페라 가수와는 거리가 멀지만, 적어도 음을 틀리진 않는다. 가끔은 내가 녹음한 내 목소리에 감탄할 때도 있다. 너무 내 자랑만 하고 있나? 쏘리!

무대에 한 번도 서 본 적이 없다는 게 좀 아쉽긴 하다. 하지만 살다 보면 어떤 일은 이유를 따지지 말고 받아들여야 할 때도 있는 것이다.

나는 시디에 노래를 녹음하고 겉면에 '아다에게'라고 썼다. 그런데 갑자기 '아다에게'라고 쓴 것이 후회되기 시작했다. 그래서 시디를 하나 더 만들었다. '아다에게'라고 쓰니까 마치 선물처럼 보였기 때문이다. 그 시디는 결코 선물이 아니다. 단지 하나의 증거물일 뿐. 나는 시디를 봉투에 넣어서 책가방에 집어넣었다.

다시 말하지만 나는 여자애들에게 관심이 없다. 특히나 아다에겐 더더욱 그렇다. 아다는 아주 멀리 떨어진, 내가 모르는 도시에 살고 있는 중학생과 사귄다고 했다.

나는 숙제를 하면서 팝콘을 먹고 물을 마셨다. 초인종 소리가 들렸다. 이번에는 현관문을 열어 주지 않았다. 보안구멍으로 밖을 내다보지도 않았다. 다시 초인종 소리가 들렸다. 나는 엠피쓰리의 전원을 켜고 이어폰을 꽂은 후 음악에 집중했다.

11시쯤 잠자리에 들었다. 현관문 앞 복도에선 소란스런 소리가 들려왔다. 나는 잠을 잘 수가 없어서 뜬눈으로 시간을 보냈다. 마침내 잠이 들었다고 생각하는 순간, 엄마가 들어왔다.

"넌 너무 착해. 사랑하는 아들……."

엄마는 내 머리를 쓰다듬으며 나직하게 속삭였다.

"음……응……."

나는 잠결에 중얼거렸다.

"미안해, 정말 미안하다. 일을 마치고 집에 바로 오려고 했는데…… 그럴 마음은 없었어…… 미안해……."

"괜찮아, 엄마."

"음식을 가져오는 것도 잊어버렸어. 장을 본 봉투를 탁자 밑에 내려놓았는데……."

"괜찮아."

"정말 미안해. 내 사랑하는 아들…… 넌 너무너무 착해서……."

엄마가 내 머리를 쓰다듬어 주면 기분이 좋아진다. 가끔 엄마는 내 침대 옆에 앉아 아주 오랫동안 머리를 쓰다듬어 주기도 한다. 그럴 때면 입으로만 숨을 쉬려고 애쓴다. 그러면 엄마의 술 냄새를 맡지 않아도 되니까. 나는 엄마보다 먼저 잠들 수가 없다. 내가 먼저 잠들면 엄마는 소파에 올라가는 것도 잊고 바닥에 쓰러진 채 잠들기 때문이다.

"엄마도 얼른 자."

"응, 그래야지. 사랑하는 아들…… 넌 참 착해."

엄마는 했던 말을 연거푸 반복했다.

나는 엄마를 부축해 소파에 눕히고 나서야 잠에 빠졌다.

아침이 되어 기상 알람이 울리는 순간, 나는 한창 꿈을 꾸는 중이었다. 눈을 뜨니 무슨 꿈을 꾸었는지 기억할 수가 없었지만 매우 기분 좋은 꿈이었다는 것만은 확실했다.

엄마는 천장을 보고 누워 코를 골며 자고 있었다. 나는 팝콘으로 배를 채우고 학교로 향했다.

"여기 있어."

나는 아이들이 교실 안으로 들어가려고 우왕좌왕하며 혼란스러운 때를 기다렸다가, 시디를 넣은 봉투를 아다에게 내밀었다. 그 모습을 본 아이는 아무도 없었다.

"고마워, 바르트."

아다는 나직이 말하며 미소를 지었다.

"집에 가서 들어 볼게."

아다는 시디를 가방 속에 넣으며 말했다.

"너무 큰 기대는 안 하는 게 좋을 거야."

"아냐, 아주 많이 기대하고 있어."

아다는 다시 미소를 지었다. 나는 아다가 농담을 한다고 생각했다. 하지만 그 말투와 미소는 내게 혼란을 주기에 충분했다. 얼굴이 발갛게 달아오르기 시작했다. 나는 아다가 숙제를 베낄 수 있도록 내 공책을 보여주었다.

담임 선생님은 학예회 참가자 명단을 살펴보더니 더 많은 참가자가 있었으면 좋겠다고 말했다. 아다는 몇몇 친구들과 함께 힙합 댄스를 할 계획이었다. 피아노 연주를 하는 애도 있었고, 스탠드 업 코미디를 하는 아이, 요요를 하겠다는 애도 있었다. 여자애 둘이 한 팀이 되어 비욘세 노래를 립싱크로 하겠다고도 했다. 심지어 게이르 오베는 우리 반 아이들이 이미 수백 번도 더 보았던 마술을 보여주겠단다.

"어떤 것이라도 상관없으니까 더 많은 사람들이 참가할 수 있도록 해보자! 절대 빠지려고 하지 말고! 알겠니?"

담임 선생님은 세 번이나 같은 말을 반복했다.

쉬는 시간이 되자 나는 이름을 기억할 수 없는 그 친구와 함께 있게 되었다. 왜 그의 이름을 기억하는 게 이토록 어려운지 알 수가 없다.

"어제 끝내주는 게임을 했어."

그 아이가 말했다.

"그래?"

“제목이 잘 기억이 나진 않는데…… 한 검투사가…… 아니, 먼저, 그러니까…… 도입 부분이 엄청 쿨했어! 멋있는 자연 풍경이 좍 펼쳐지면 칼을 든 검투사가 나타나서…… 어쨌거나 너도 그 게임 해 봤니?”

“아니!”

“정말 끝내주는 게임이라니까. 난 게임하느라 어젯밤 꼬박 샜어.”

우리 대화는 매번 이런 식이었다. 이쯤 되면 나도 칼을 든 전사가 등장하는 그 게임에 관심을 보여야 하지 않을까. 하지만 나는 게임을 자주 하지 않는다. 게임하는 걸 싫어해서가 아니다.

학교 운동장을 채우고 있는 아이들의 목소리와 소란스러움 때문에 정적과 고요함은 오히려 압박감을 주기도 했다. 어쨌거나 화려하고 멋진 자연 풍경이 펼쳐지는 그래픽 속에서 칼을 들고 있는 전사에 대해 내가 할 수 있는 말은 그리 많지 않다. 물론 나도 어젯밤 이야기를 해 줄 수는 있다. 예를 들면 엄마가 새벽 3시쯤 들어와서 내게 사랑한다는 말을 300번쯤 했다는 이야기 말이다. 하지만 그런 이야기를 하면 내 앞에 서 있는 이름조차 가물가물한 이 친구는 앞으로 다시는 나에게 말을 붙이려 하지 않을 것이다.

“오늘 참 덥지?”

나는 별로 덥다고 생각하지 않았지만 말없이 고개를 끄덕였다.

고개를 돌리니 베르트람이 내 곁에 서 있었다. 그가 언제 다가왔는지 모르겠다. 이제 우리는 세 명이 되었다. 그중 하나는 베르트람. 이름이 가물가물한 친구와 나는 서로 눈을 맞추며 어색해 했다. 마치 소리 없는 경보기가 울린 것 같았다.

"주기율표라는 게 알고 봤더니 원소번호표와 같은 거더라."

나는 자신이 이해하지 못할 말을 하면 베르트람이 등을 돌리고 가 버릴 것이라고 생각했다. 그런데 문제는 이름이 가물가물한 친구마저도 내가 한 말을 이해하지 못한다는 거였다.

"무슨 소리야?"

말을 하면서 눈을 깜박여 보일 걸 그랬나…….

"아무것도 아냐."

"궁금한 게 있어."

베르트람이 말문을 열었다.

친구로 잘 지내 보자고 말하려는 것일까? 우린 어차피 인기도 없고 외톨이로 지내는 처지니까 같이 잘 지내 보자고.

"학예회 때 나랑 같이 랩을 부를 생각 없니?"

그 말에 나는 잠시 생각을 해 보지 않을 수 없었다. 어떤 대답을 해야 할지 몰라서가 아니라 내가 제대로 들은 건지, 내 귀가 의심스러웠기 때문이다.

이름이 가물가물한 친구가 먼저 반응을 보였다.

"우리 엄마가 허락을 안 할 거야."

"허락을 안 한다고?"

베르트람이 놀란 표정을 지으며 되물었다. 나는 그 친구의 입에서 어떤 말이 나올지 기대하지 않을 수 없었다.

"응. 우리 엄마는 내가 흉기를 들고 뒷골목을 어슬렁거리는 사람이 되는 걸 원하지 않거든."

그는 조금 상기된 얼굴로 말했다. 베르트람은 어이없다는 표정으로 고개를 돌려 나를 바라보았다. 너는 설사 거짓말을 하더라도 이보다 나은 거짓말을 해야 한다고 말하는 것만 같았다.

"난 학예회 때 독창을 할 거야."

"아, 그래."

베르트람은 그렇게 말하고는 총총걸음으로 가 버렸다.

"정말 학예회 때 독창을 할 거야?"

베르트람이 우리 이야기를 듣지 못할 정도로 멀리 갔을 때, 이름이 가물가물한 친구가 내게 물었다.

"아냐. 뭐라도 둘러댈 말이 필요했어. 내 거짓말이 네 거짓말보다 훨씬 낫다고 생각하지 않니?"

"사실 난 거짓말을 한 게 아냐. 우리 엄마는 내가 랩 하는 걸 엄청 싫어해. 랩을 하면 나중에 범죄자가 되거나 백수로 사회연금을 받으며 살게 될 것이라 생각하고 있거든."

"사회연금?"

나는 얼떨결에 필요 이상으로 크게 말해 버렸다. 내가 배우 지망생이 아닌 게 천만다행이다.

"그런데 베르트람이 랩을 하다니…… 믿을 수가 없네!"

"베르트람이 그걸로 유명해질 수도 있다고 생각하니 전혀 딴 세상 일 같네."

우리는 둘 다 뻣뻣하게 굳고 말았다. 베르트람이 인기 많은 랩 가수가 된다면 학교 아이들은 왕따를 시킬 또 다른 아이를 찾을 것이 분명했다.

그렇다면 우리는 둘 다 안심할 수 없는 처지가 된다.

"수업 끝나고 뭘 같이 해 볼까……?"

갑자기 이름이 가물가물한 그 친구가 내게 물었다.

순간, 그 아이의 이름이 떠올랐다. 요나스! 어쩌면 요나스는 나의 둘도 없는 친구가 될 수 있을지도 모른다. 소위 말하는 절친이 있다면 왕따를 당하지 않을 확률도 크다. 절친의 이름은 물론 정확하게 알고 있어야 한다.

번개처럼 스쳐 갔던 희망은 다음 순간 물거품처럼 사라져 버렸다. 수업이 끝난 후에 누군가와 함께 시간을 보내며 둘도 없는 친구로 지낸다는 건 적어도 내겐 불가능한 일이다. 우리 집에 놀러 가도 되냐고 물어보면 난 무슨 말을 해야 할까?

"글쎄…… 할 일이 많아서…… 안 될 것 같아…… 요나스."

"내 이름은 요나스가 아니라 브라게야."

"응, 알아."

다행히도 그 순간 수업 시작종이 울렸다. 이런 대화를 하는 것은 빙판 위에서 스케이트를 타는 것과 비슷하다. 조금이라도 발을 삐끗하면 빙판에 머리를 찧게 되니까.

나는 수업이 끝나자마자 서둘러 교실을 나섰다. 아무와도 마주치고 싶지 않았다. 이어폰을 끼고 엠피쓰리의 전원을 켰다.

길을 걸으며 소리 없이 노래를 따라 부르는 모습을 보면 누가 봐도 정신이 나갔다고 생각할 것이다. 나는 길에서 노래를 부를 때면 항상 소리

없이 입만 벌리곤 했다. 소리 없이 오페라를 따라 부르는 내 모습은 아마 허공에 날아다니는 파리를 잡아먹으려는 것처럼 보이지 않을까. 하지만 노래를 배우는 데는 이보다 더 좋은 방법이 없다. 노래를 하다 보면 이건 내 삶의 사운드트랙이라는 생각이 들기도 한다. 꽤나 지루하고 밋밋한 삶에 약간의 음악으로 효과를 더하는 것은 나쁘지 않다.

엄마는 집에 없었다. 나는 거실 한가운데 서서 목청껏 노래를 불렀다. 엄마에게 전화를 걸어 지금 어디 있는지 확인할 수 없는 이유는 두 가지가 있다. 하나는 내게 휴대폰이 없다는 것이고, 다른 하나는 엄마 휴대폰은 요금을 체불해서 사용 정지를 당했기 때문이다. 엄마는 칩 찰리에게서 엠피쓰리를 사서 내게 주었다. 칩 찰리는 위층에 살고 있는 남자다. 그는 중고제품을 싸게 파는 데 뛰어난 재주가 있다. 내게 단돈 600크로네에 컴퓨터를 팔았던 사람도 바로 칩 찰리였다. 그는 막 새 컴퓨터를 구입했기 때문에 자기가 쓰던 중고 제품을 싸게 판다고 했다.

그에게 산 컴퓨터에는 수많은 사진이 저장되어 있었지만 어느 한 장도 칩 찰리와 관계된 사진은 없었다. 어느 날 학교에 온 경찰은 훔친 물건을 받거나 구입하는 것도 범죄에 해당한다고 말했다. 그게 사실이라면 나는 600크로네를 지불하고 범죄자가 된 것이나 마찬가지다. 컴퓨터에 저장된 수많은 사진들을 본 엄마는 '사진 속의 저 사람들은 적어도 새 컴퓨터를 장만할 수 있을 정도로 부자인가 보다.'라고 말했다. 그도 그럴 것이, 사진 속의 사람들은 외국의 어느 따스한 지방에서 휴가를 보내고 있었고, 그들의 집 정원에는 거대한 트램펄린(매트 아래 스프링이 달린 놀이기구)이 놓여 있었다. 문득 그들이 소중히 여기던 사진을 잃어버렸다고 낙심하고 있을 것 같은 생각이 들었다. 나는 사진들을 시디에 저장한 후, 편지봉투의 겉면을 스캔한 파일에서 주소를 베껴 적은 다음 우편으로 부쳤다. 그들이 이미 백업을 해 두었을지도 모르지만, 사람 일이란 모르는 거니까.

그때 나는 지문을 남기지 않기 위해 시디와 편지봉투 위를 싹싹 닦아냈다. 엄마는 감옥 체질이 아니기 때문이다. 나 또한 아동보호소의 생활이 어떤지 검색해 보고 싶진 않았다.

이웃집 와이파이를 연결해서 페이스북을 확인해 보았다. 페이스북 친구들 중 네 명은 복싱을 하는 아이들이고, 두 명은 '심슨' 팬이다. 보아하니 그들의 삶도 그리 흥미롭진 않은 것 같았다. 나는 페이스북에 업데이트를 한 적이 한 번도 없다.

인터넷에서 아빠를 찾아보았다. 아빠의 이름을 입력하면 매번 대충 8천6백만 개의 조회 결과가 나온다. 그중에서 누가 나의 아빠인지 짐작할 수가 없다. 아빠는 미국인이고 이름은 존 존스이다. 그것이 엄마가 아빠에 대해 해 준 이야기의 전부다. 나는 엄마도 아빠에 대해서 그리 잘 알지 못한다고 짐작했다. 두 사람은 서로를 잘 모르는 상태에서 급격하게 가까워졌다는 말을 들은 적이 있기 때문이다. 언젠가는 꼭 아빠를 찾아서 미국의 유니버설 스튜디오와 유명한 테마 파크에 데려가 달라고 할 생각이다. 하지만 지금은 아빠가 누구인지, 또 어디 사는지도 모르고 있다. 인터넷에서 찾은 수많은 존 존스의 사진 중에는 나와 닮은 사진이 하나도 없었다. 위키피디아에서는 77명의 존 존스를 찾아볼 수 있는데, 대부분은 이미 세상을 떠난 사람들이다.

노르웨이에 살고 있는 아들을 찾겠다는 존 존스는 보이지 않는다. 아직도 검색해 볼 수만 개의 인터넷 사이트가 있다는 사실이 그나마 불행 중 다행이었다.

엄마가 숨을 헐떡이며 현관문으로 들어섰다. 그 뒤로 할머니가 따라왔다.

"잘 지냈니? 아이구, 우리 손자 그새 많이 컸구나!"

나를 껴안는 할머니에게서 로션과 담배 냄새가 났다.

"안녕하세요."

인사를 하려고 입을 벌렸더니 할머니의 소맷자락이 입 안으로 들어왔다.

"오늘 네 노래를 들을 수 있다고 해서 내가 얼마나 기뻐했는지 아니? 얼른 들어보고 싶구나."

할머니가 기대에 가득 찬 목소리로 말했다.

"어…… 예……."

나는 엄마를 흘낏 쳐다보았다.

"너도 이제 사람들 앞에서 노래 부르는 연습을 할 때도 됐잖니."

엄마는 내가 욕실에서 부르는 노래를 셀 수 없이 들었다. 욕실의 음향효과는 꽤 좋은 편이다. 나는 욕실에 들어가면 문을 잠그고 두 눈을 지그시 감은 채 목청껏 노래를 부른다. 엄마가 문 밖에 있다는 걸 알고 있지만 개의치 않는다. 엄마는 내가 할머니를 위해 노래를 불러 주면 매우 기뻐할 것이고, 할머니는 내 노래를 들으면 감동의 도가니에 빠질 것이다. 그러면 결국 나까지도 흡족한 기분이 들 것이다.

"한번 해 볼게요."

할머니는 소파에 앉아 버스 여행에 대한 이야기, 어제 들렀던 카페에서 빙고 게임을 했던 이야기들을 늘어놓았다. 엄마는 버거킹 봉지를 열고 햄버거를 꺼내 접시에 담았다. 집 안은 기분 좋은 냄새로 가득 찼다. 할머니의 접시 위엔 햄버거 하나, 내 접시 위엔 두 개, 엄마 접시 위엔 여섯 개의 햄버거가 각각 놓였다.

"저녁 먹기 전에 네 노래를 좀 들어 볼 수 있겠지?"

엄마가 미소 띤 얼굴로 말했다.

나는 두 눈을 감고 크게 숨을 들이마셨다. 욕실 안에 서 있다고 상상을 하며 노래를 부르기 시작했다.

시작은 매끄럽지 않았다. 조금 더 부르면 나아지리라 생각했지만 어쩐 일인지 노래를 부르면 부를수록 상황은 더 악화되기만 했다. 내 목소리는 싸구려 스피커에서 나오는 소리처럼 거칠기만 했고, 급기야는 잔디 깎는 기계의 엔진 소리처럼 변해 버렸다.

호기심에 찬 두 쌍의 눈동자를 받아내는 동안 내 목은 마치 자갈돌이라도 들어간 듯 불편해지기 시작했다. 눈을 뜰 용기조차 낼 수가 없었다. 할머니와 눈이 마주치면 어떻게 할까. 노래를 마치면 할머니는 분명 내게 한마디 할 것이다. 물론 그 말은 세상의 모든 할머니들이 손자에게 곧잘 하는 뻔한 거짓말일 테지만 말이다. 나는 노래를 멈추고 바닥에 드리워진 내 그림자만 내려다보며 가만히 서 있었다. 내 목소리는 나만을 위해 존재하는 것이라는 생각이 들었다. 남들 앞에선 절대 사용할 수 없는 목소리. 쏘리~.

슬쩍 눈을 들어 보았다. 예상한 대로 박수 소리는 들을 수 없었다.

"잘했어, 바르트!"

할머니가 아무렇지도 않은 듯 말했다.

"배고플 테니 이제 뭘 좀 먹어야지?"

할머니는 뻔한 거짓말을 하기보다는 차라리 말을 돌리는 것이 낫다고 생각한 모양이었다.

"햄버거가 아주 먹음직스럽구나."

그렇다. 우리 할머니는 아주 현명한 사람이다.

물론 나도 무대에서 노래를 부르고 우레와 같은 박수를 받아 보았으면 좋겠다고 생각한 적이 없진 않다. 그 기분은 어떨까. 마치 하늘로 날아오르는 듯한 기분이리라. 하지만 그런 일은 내게 일어나지 않을 것이다. 내 장점은 이런 현실을 직시하고 덤덤하게 받아들일 수 있다는 것이다. 나는 모든 것이 다 잘 될 거라는 말을 믿지 않는다. 그런 말을 믿는 사람은 지능이 현저히 떨어지는 바보들뿐이다.

절대 일어나지 않았으면 좋겠다고 바랐던 일은 저녁을 먹은 직후에 일어났다. 할머니는 엄마에게 텔레노르(Telenor, 노르웨이의 최대 통신회사)의 일은 견딜 만하냐고 물었다. 엄마는 직장 일에 만족한다고 대답하면서 곧 승진도 할 거라고 말했다. 엄마와 나는 그렇게 대답하기로 미리 입을 맞추어 놓았다. 나는 인터넷에서 '서비스 레벨 매니저'에 대해 여러 번 검색해 보았다. 그런 직책을 가진 사람들이 주로 무슨 일을 하는지 알아보기 위해서였다. 하지만 영어로 된 문서를 읽는 것은 그리 쉽지 않았다. 학교에서 배웠던 영어와는 많이 달랐다. 그럼에도 나는 몇몇 중요하다 싶은 단어들을 메모지에 따로 적어 놓았다.

엄마는 회사의 파티에서 휴대폰처럼 옷을 입고 왔던 한 동료에 대해 이야기하기 시작했다. 할머니는 엄마가 무슨 말을 하고 있는지 이해하지 못하는 것 같았다.

"엄마는 통신량을 분석하는 일에서 대단한 능력을 인정받고 있나 봐요."

나는 엄마가 말을 마친 후 슬쩍 끼어들었다.

엄마와 할머니는 동시에 나를 돌아보았다. 나는 얼른 메모지를 훔쳐보았다.

"어제도 그런 얘기 했잖아. 활발한 통신활동을 하는 이들을 조사, 분석하는 일은 고객 불만을 해결하는 일보다 훨씬 재밌다고……."

할머니는 의아한 눈빛으로 엄마를 바라보았다. 나는 순간적으로 할머니가 보일 듯 말 듯 미소를 지었다고 생각했다. 엄마는 마치 운동화 끈에 묻은 티끌을 보듯 나를 바라보았다.

"얘가 뭘 잘못 알고 있나 봐."

엄마가 당황한 목소리로 말했다.

"그래그래, 알았어. 어쨌든 네가 이젠 제대로 된 직장에 다니고 있다니 안심이다."

할머니는 곧 말을 이었다.

"비록 네가 학교는 많이 다니지 않았지만……."

할머니는 알 수 없는 기묘한 표정을 지으며 내게 눈길을 돌렸다.

"난 엄마가 아주 자랑스러워요."

나는 얼른 말했다.

엄마가 인터넷 검색을 조금만 해 보았더라면 서로 말이 어긋나는 일은 없었을 거란 생각이 들었다. 정말 할머니는 엄마가 부하 직원을 네 명이나 데리고 있는 매니저라고 믿는 걸까? 게다가 네 명의 직원 중 두 명의 성은 '뵈레'라는 것까지?

"그렇다면 너희들도 곧 이사를 갈 수 있겠구나?"

할머니가 물었다.

"네, 곧 이사 갈 거예요."

엄마가 대답했다.

할머니가 무언가를 물어볼 때면 가끔 그 목소리에서 묘한 분위기가 느껴질 때가 있다. 마치 우리에게 뭔가 묻는 것이 미안하다는 듯한. 엄마는 햄버거가 식기 전에 어서 먹으라며 말머리를 돌렸다.

햄버거를 먹는 동안, 할머니는 친절한 이웃 사람들의 이야기를 해 주었다. 나는 할머니의 이야기에 도무지 흥미를 느낄 수가 없었다. 할머니가 얼른 집으로 돌아갔으면 좋겠다는 생각마저 들었다. 할머니가 현관문을 나서자마자 욕실로 가서 노래를 부르고 싶었다.

햄버거 접시를 비운 나는 인터넷에서 사람들 앞에만 서면 노래를 부르지 못하는 가수들도 있는지 검색해 보았다. 필리핀에서는 애국가를 부를 때 음정이 틀리면 벌금을 내야 한다는 이야기가 있었다. 하지만 내게 도움이 되는 건 하나도 없었다. 나는 시간을 보내기 위해 인터넷 게임을 하기 시작했다.

"그건 그렇고, 곧 학교에서 학예회를 한다며? 네 엄마는 일하느라 늦게

퇴근할 테니 내가 가서 볼게."

할머니가 현관문을 나서며 내게 말했다.

"좋아요."

할머니는 학교에서 행사가 있으면 항상 참석했고, 그런 날엔 왜 엄마가 늦게 오는지 묻지도 않았다.

"필요한 건 없니?"

할머니가 현관문께에 서서 물었다.

"없어요. 필요한 건 다 있어요."

엄마가 자신 있게 대답했다.

"바르트에게 용돈으로 백 크로네짜리 한 장 줘도 될까?"

"그럴 필요 없어요. 제가 일주일치 용돈을 준 지도 며칠 안 됐어요."

"할머니, 신발에 뭔가 묻었어요."

나는 할머니의 신발 밑에 붙어 있는 지저분한 휴지 조각을 가리키며 말했다.

"아, 정말 그러네. 아마 복도에서 묻은…… 아니, 길에서 묻어 온 걸 거야. 요즘은 시에서 도로 청소를 거의 안 하는 것 같더라니. 우리가 사는 곳이 어떻게 보일지 아무도 신경을 쓰지 않나 봐."

"그렇죠? 정말 그런 것 같아요."

엄마가 맞장구를 쳤다.

할머니가 떠나자 엄마는 소파에 힘없이 털썩 주저앉았다. 하마터면 우리 거짓말이 들킬 뻔했다.

"세상에…… 네 할머니는 어쩜 저렇게 말이 많니?"

엄마가 불평을 늘어놓았다.

"난 할머니가 좋기만 한데……?"

"어쨌든, 곧 용돈을 줄 테니 너무 걱정 마. 그런데 어쩌지…… 연금은 20일 날 나오니까 그 전에는 좀 힘들 것 같은데."

"급하게 필요하진 않으니까 괜찮아."

나는 욕실에 들어가 문을 잠갔다. 목소리와 음정은 투명한 유리처럼 맑았다. 그 소리는 나의 허파와 뱃속 깊숙한 곳에서부터 흘러나왔다. 문득, 나는 두 명의 서로 다른 사람으로 이루어져 있다는 생각이 들었다. 귀에 상처를 낼 정도로 노래를 못 부르는 나와, 노래를 너무나 잘해서 부모님들이 자랑스러워하는 나 말이다. 내 속에 존재하는 이 두 명의 다른 나는 아직 서로 인사를 나눈 적이 없는 것 같다.

욕실에서 나오자 엄마가 내 등을 부드럽게 쓰다듬어 주었다.

"아까 일은 너무 신경 쓰지 않아도 돼. 자신만을 위해서 아름다운 노래를 부를 수 있다는 것도 축복이니까."

"응……."

"네 노래가 너무나 아름답게 들렸어. 욕실 문틈으로 들은 노래……."

"이제 연습하러 갈 시간이야."

"그래, 애들을 보기 좋게 혼내 주고 와라!"

플라이급. 코치는 나를 플라이급에 배정했다. 플라이급이라면 파리처럼 가볍다는 말이 아닌가. 그렇게 따지면 나는 모기급에 배정받아도 좋을 거다. 플라이급 선수들의 체중은 48에서 51킬로그램 사이다. 지금 내 몸무게는 36.5킬로그램. 몸집이 작은 사람들의 장점은 움직임이 날렵하다는 것이다. 코치가 그렇게 말했다. 언젠가는 나도 그 장점을 직접 경험해 볼 수 있는 날이 오리라.

"잘했어, 바르트. 이제 팔굽혀펴기 50번 실시!"

코치에겐 아무 문제도 없다. 그는 단지 내가 플라이급의 다른 선수들처럼 복싱다운 복싱을 할 수 있길 바랄 뿐이다. 가끔 나는 이불을 덮고 누워 내 몸이 길가의 민들레처럼 쑥쑥 자랄 수 있다면 얼마나 좋을까 하고 생각한다. 그럼 어느 날 갑자기 무하마드 알리처럼 자라 낯선 외국에서 온 거대한 몸집의 선수들을 케이오시킬 수도 있지 않을까. 그런 생각을 하면 온몸에서 식은땀이 흐른다.

"잘하고 있어, 바르트! 조금만 더 템포를 빨리 해 봐."

복싱은 '고귀한 방어 기술'이라고 말들 한다. 그렇지만 복싱 경기에선 상대방을 때려눕혀야 승자가 될 수 있다.

"잘하고 있어! 조금만 더!"

바로 그거였다. 조금만 더 노력하라는 말. 나는 매번 최선을 다한다. 그럼에도 충분하다고 느낀 적은 단 한 번도 없다.

크리스티안과 2회전 정도 연습 게임을 했다. 우리는 동갑이지만, 그는 나보다 머리 하나는 더 컸고 내게는 너무나 생소한 근육이라는 것도 가지고 있다. 크리스티안은 꽤 괜찮은 애다. 함께 연습할 때도 나를 때려눕히려고 속임수 따위를 쓰지는 않는다. 코치가 우리에게 등을 돌리고 있을 때에도 말이다.

복싱 연습을 할 때는 경기 중에 케이오를 당해 식물인간이 된 선수들의 이야기는 입 밖에 내지 않는다. 체육관에서는 오직 세계적으로 유명한 복싱 선수들, 경기에서 승리해 그 어떤 바지에도 어울리지 않는 거대한 벨트를 상으로 받은 영웅들에 대해서만 이야기한다.

나는 아이들에게서 가끔 '헐~' 소리를 들을 때는 있지만, 그 누구도 나를 정신지체아로 취급하진 않는다.

"어때?"

벽에 붙어 있는 플라스틱 의자에 앉자, 크리스티안이 말을 걸어왔다.

"그냥 그래."

"눈은 꽤 좋아진 것 같은데."

"응."

"학교에서 너를 괴롭히는 애들이 있니?"

크리스티안은 페북 친구이긴 하지만, 나는 그에 대해 아는 게 거의 없다. 그래서 갑작스런 그의 질문은 마치 예상치 못한 어퍼컷처럼 느껴졌다.

"어…… 아니……?"

"그래? 혹시 만에 하나라도 그런 일이 생기면 당장 나한테 말해."

"응, 알았어."

솔직히 이건 상상만 해도 기분 좋은 일이다. 크리스티안이 우리 학교로 와서 아우구스트나 요니 같은 애들을 때려눕힐 수만 있다면.

선생님은 극한의 추위에서 몸을 녹이려면 바지에 오줌을 싸면 된다고 말했다. 그건 당장엔 도움이 될지 모르지만 시간이 지나면 오히려 해가 될 뿐이다. 마찬가지로 크리스티안은 한 두 번쯤은 나를 도와줄 수 있겠지만, 필요할 때마다 매번 나를 도와줄 수는 없다.

크리스티안이 몸을 일으켜 샌드백을 치기 시작했다. 나는 허공에 대고 샌드백을 치는 시늉을 했다.

"바르트, 시간이 되면 나랑 잠깐 얘기 좀 할까?"

연습이 끝나자 코치가 말했다.

나는 코치를 따라 사무실로 들어가 작은 의자에 앉았다. 벽에는 조지 포먼, 슈거 레이 레너드, 알리와 같은 유명한 복싱 선수들의 흑백 사진이 걸려 있었다. 코치는 알리가 복싱계에서 가장 큰 영웅이며 앞으로도 영원히 영웅으로 남을 거라고 했다. 곰곰이 생각해 보니 코치가 그 말을 한 것도 꽤 오래전 일이다.

나는 팔로 땀을 문질러 닦고 복싱 장갑을 벗었다. 코치는 의자에 등을 기대고 말없이 나를 가만히 바라보기만 했다.

"내 바람이 있다면 모든 이들이 나를 사랑하는 만큼 서로를 사랑하는 것이다. 그렇게만 될 수 있다면 이 세상은 더 좋은 세상으로 변할 수 있을 텐데."

나는 코치를 올려다보았다.

"이건 알리가 한 말이란다. 너도 알다시피 그는 이런 말도 했지. 링 위에서 나비처럼 날아 벌처럼 상대방을 쏠 거라고 말야."

그것은 코치가 가장 좋아하고 즐겨 하는 말이었다. 경기를 시작하기 전 링 위의 선수들에게도 항상 이 말을 해 주었다.

"멍든 데는 이제 좀 나아 보이는구나."

"네."

"그건 그렇고…… 바르트…… 한 가지 궁금한 게 있어. 앞으로도 계속 복싱을 할 생각이니?"

"저는 연습에 매번 꼭꼭 참석하잖아요."

"그래, 그렇지. 내 말은, 너의 태도와 성의가 문제라는 게 아니라…… 내가 보기엔 말이지…… 너한테는 복싱 말고 다른 스포츠가 더 어울릴 수도 있겠다는 생각이 들어서 말야……."

"예를 들면요?"

"여러 가지가 있겠지. 예를 들면 스키점프 같은 종목……."

"스키점프요?"

"응. 넌 몸이 꽤 마른 편이잖아. 스키점프가 마음에 들지 않는다면 컬링도 좋을 것 같고."

내가 스키점프나 컬링을 한다고 하면 엄마가 못마땅해 할 것이 틀림없다. 혹시 아이들이 나를 괴롭히면 컬링스톤으로 방어를 해야 하나? 코치는 내가 복싱에 재능이 없다는 것을 돌려 말하고 있다는 생각이 들었다. 하지만 난 복싱을 그만둘 수 없다. 복싱을 그만두면 엄마는 하늘이 꺼질 듯 낙심할 테니까.

"혹시 엄마가 월 회비를 내지 않았나요?"

"아냐, 그런 건 아냐."

"살면서 무언가를 시도해 보지 않는다면 끝내 아무것도 이루지 못할 것이라고 무하마드 알리도 말했잖아요?"

"음…… 그렇지…… 그럴 수도 있을 거야."

"지금 복싱을 그만둘 수는 없어요."

"아주 좋은 태도야. 하지만 복싱을 하려면 상대를 때려야만 해. 설사 그럴 마음이 없더라도 말이지."

"그래요?"

나는 코치가 무슨 말을 하고 있는지 이해할 수 없다는 듯 멍한 표정을 지었다.

"너는 상대를 치려고 하지 않아."

"하지만 방어만큼은 자신 있어요."

"그것도 좋긴 한데 말야…… 가끔은 상대를 때리기도 해야지……."

"그렇다면…… 조만간 그렇게 해 볼게요."

"그게 좋을 것 같다. 그러니까 복싱을 그만둘 마음이 없다는 뜻이지? 내 생각엔 핸드볼도 좋을 것 같은데……."

코치는 내 맘이 상하지 않도록 하려고 갖은 애를 썼다. 그러나 결국 우린 지금 다른 스포츠를 시작하는 건 좋지 않다는 결론을 내렸다.

"좋아요. 같은 결론을 내렸으니 됐어요."

"그렇다면 너도 이제 방어만 하는 복싱에서 벗어나야지?"

"네, 조만간."

코치의 사무실에서 나온 나는 옷을 갈아입으려고 탈의실로 갔다. 물론 코치의 말은 틀리지 않았다. 복싱을 하면서 상대방에게 주먹질을 할 마음이 없다면 그 결과는 뻔하다. 언젠가 코치가 해 주었던 이야기가 떠올랐다. 아프리카의 어느 도시에서 무하마드 알리와 조지 포먼이 경기를 할 때였다. 알리는 링 위에서 춤을 추듯 포먼의 주위를 빙빙 돌며 그의 주먹을 피했다. 그러면서 포먼의 힘을 빼놓았고 결국은 한 방에 그를 거의 링 밖으로 날려 버림으로써 승리를 거머쥐었다고 했다. 지금 당장은 할 수 없겠지만 언젠가는 나도 알리처럼 훌륭한 복싱 선수가 될 수 있는 거다.

아, 생각만으로야 무슨 일을 못 할까.

엄마는 저녁 내내 집에 있었다. 우리는 세상에서 가장 키가 큰 여자에 대한 텔레비전 다큐멘터리를 함께 보았다. 그 여자는 중국에 살고 있었고, 하루의 대부분을 침대에 누워 생활했다. 그런 프로그램을 보니 괜히 기분이 축 늘어지는 것만 같았다.

잠자리에 든 나는 아다에게 준 시디 때문에 잠을 이룰 수가 없었다. 절대로 다른 사람에게 들려주지 말고 혼자만 들어야 한다고 계약서라도 작성해 놓을걸. 괜한 짜증에 뒤척이던 나는 엄마가 잠든 후에도 한참 동안이나 잠을 잘 수가 없었다. 텔레비전을 끈 후에도 나는 엄마의 코 고는 소리와 이 가는 소리를 오랫동안 들어야만 했다. 불안해지기 시작했다. 앞을 내다볼 수 없는 무모한 일을 저지른 것 같다는 생각 때문이었다.

비행기도 아니고 유에프오도 아닌 별똥별에 대한 생각을 미처 하지도 못하고, 나는 잠에 빠져들었다.

내 삶의 제 4 장

엄마와 나는 거의 동시에 잠이 깼다. 엄마는 아침식사를 위해 팬케이크를 구웠다. 너무나 오랜만에 먹어 보는 팬케이크였다. 비록 설탕과 시럽은 없었지만 상관없었다. 그 대신 우리에겐 베이컨이 있었다. 베이컨을 씹으니 바삭바삭하는 소리가 났다.

"여기 20크로네가 있으니까 이걸로 점심 사 먹으렴."

엄마는 동전 하나를 내 손에 쥐어 주었다.

나는 학교에선 점심을 사 먹을 수 없다고 이미 몇 번이나 말했다. 점심시간에 학교 밖으로 나가는 것도 금지되어 있었다. 그래도 엄마의 마음은 고맙게 받을 수밖에 없었다.

"고마워. 그럴게."

학교에 도착하니 수업 시작종이 울리기도 전에 아다가 내게 다가왔다.

"정말 네가 직접 노래를 부른 거니?"

예상치 못했던 기회였다. 모든 것은 거짓말이었다고 둘러댈 기회. 그건 내가 부른 것이 아니라 인터넷에서 찾은 것이라고, 땅에 시선을 고정시키고 발을 쓱쓱 문지르며 너를 감동시키고 좋은 인상을 주기 위해 거짓말을 했다고 말할 수 있는 기회였던 것이다. 아니, 크게 너털웃음을 터뜨리며 '정말 그게 나라고 생각했냐'고, 어이없다는 표정으로 되물어 볼 수도 있었다.

하지만 나는 아다의 환한 표정을 다시 보고 싶었다.

"응, 나야. 내가 부른 거야."

"학예회에 나가서 독창을 해도 되겠다!"

나는 아다가 그런 말을 할 것이라 이미 예상하고 있던 참이었다. 심지어 아이들이 그렇게 물을 경우를 대비해 이미 몸이 아프다거나, 혹은 다른 적당한 거짓말을 생각해 놓기까지 했었다. 하지만 아다 앞에서는 거짓말을 할 수가 없었다. 단순히 무대 위에서 노래를 하기 싫다는 것만으로는 학예회에 나가지 않는 이유가 될 수 없다는 생각도 들었다. 그건 가장 진실에 가까운 거짓말인데도 말이다.

"글쎄, 학예회에서 노래를 부르고 싶은 마음은 없어."

"아냐, 넌 꼭 노래를 해야 해. 사람들이 엄청 감동할 거야."

"내가 노래를 부르고 싶지 않다고 한 걸 다른 사람에겐 말하지 마."

"내가 너를 설득할 수 있다면 좋겠는데……. 정말 노래를 할 마음이 없는 거니?"

아다가 미소를 지으며 말했다.

순간, 나는 하마터면 이렇게 말할 뻔했다. '네가 이렇게까지 부탁하는데 어쩔 수 없지 뭐. 더구나 그렇게 예쁜 이를 드러내고 환하게 웃으니까 차마 거절할 수가 없네. 알았어, 학예회에서 노래할게.' 그러나 그것은 입 밖에 낼 수 없는 말이었다. 그렇게 말하면 아다는 앞으로 내 얼굴을 보려 하지 않을 것이다. 나는 고개를 절레절레 저었다.

"미안. 그런데 시디는 다시 돌려줄래?"

"조금 더 듣고 돌려주면 안 될까?"

"알았어. 하지만 절대 다른 사람들에겐 들려주면 안 돼, 알았지?"

"혼자 듣긴 너무 아까운데……. 하지만 알았어. 네가 그렇게까지 말하니 혼자만 들을게."

"우리 할머니에게도 시디를 들려주기로 약속했거든."

나는 내가 했던 말이 거짓말인지 아닌지 확신할 수가 없었다. 어쩌면 정말 할머니에게 시디를 들려주는 것도 나쁜 일은 아닌 것 같았다. 할머니가 시디를 듣게 된다면 그제서야 내 노래가 귀에 공해가 될 만하다는 것을 알 수 있지 않을까.

우리는 학교 운동장에 멀뚱멀뚱 서 있었다. 왜 수업 시작종이 울리지 않는 걸까? '무인도' 그룹 아이들이 좀 떨어진 곳에 서서 우리 쪽을 보고 있었다. 아다는 자기 친구들을 향해 손을 흔들었지만 그들은 우리에게 다가오지 않았다. 아다는 정말 나와 함께 있는 게 아무렇지도 않은 걸까?

"한번쯤 나를 위해서 라이브로 노래를 불러 줄 수 있니?"

갑자기 아다가 내게 물었다.

"그때는 소음방지용 귀마개를 하고 와라."

"바르트, 넌 진짜 웃겨."

"다음에는 나랑 같이 복싱장에 가자."

내 말에 아다는 숨이 넘어갈 듯 웃고 또 웃었다.

"네가 복싱을 한다고? 으응, 그렇구나. 누가 들어도 믿을 거야. 하하하."

난 아다에게 내가 정말 복싱을 한다고 굳이 증명해 보이고 싶은 마음은 없었다. 단지 그토록 큰 소리로 웃지만 않았으면 했다.

아다는 우리 반 리세가 복싱을 하는 남자애와 사귄다는 이야기를 해주며, 아무에게도 말하지 말라고 했다. 그런데 아다는 왜 그런 이야기를 내게 해 주는 걸까? 아다는 리세가 근육질의 남자애를 좋아한다고도 말했다. 물론 그것도 말해서는 안 되는 비밀이었다.

마침내 수업 시작종이 울렸다. 우리는 교실로 향했다. 뱃속에 불이 붙은 것처럼 화끈거리기 시작했다. 마치 누군가가 마른 장작과 종이를 던져 놓은 것처럼 불길은 시간이 갈수록 점점 커지기만 했다.

나는 수업에 집중할 수가 없었다. 내 머리는 어디론가 휴가를 가 버렸다가 수업이 끝나는 종소리가 들리자 그제서야 되돌아왔다. 수업 시간에 딴생각을 하거나 멍하니 앉아 있는 건 꽤 기분 좋은 일이다. 하지만 그런 날은 숙제를 하기가 무척 힘들다.

다음 시간은 학예회 연습 시간이었다. 학예회에 참여하지 않는 아이들은 운동장에서 체육을 하며 시간을 보내야 했다. 나는 운동화를 신었다.

실내하키와 피구를 하고 나니 기분이 달라졌다. 마치 내가 스스로 빛을 발하는 형광 인간이 된 것 같기도 했고, 온몸을 뒤덮은 피부 질환에 걸린 것 같기도 했다. 두 아이가 마치 오랜 친구라도 되는 듯 내게 고개를 끄덕여 보였다.

무언가 달라졌다. 그게 나의 피구 실력 때문이라고는 할 수는 없었다.

아다가 눈에 띄었다. 너무나 슬프고 불행한 표정을 짓고 있었다. 마치 내가 하지 말라고 신신당부했던 일을 하고 만 것 같은 표정이었다. 갑자기 말로 설명할 수 없는 불안감이 나를 덮쳤다.

우리는 교실로 들어갔다. 학예회 연습은 어땠냐고 물었더니, 아다는 내 얼굴도 보지 않고 '그냥 그랬어.'라고 말했다.

아다는 긴 금발머리에 오똑하고 예쁜 코를 가졌다. 두 눈은 담임 선생님의 가죽 가방처럼 갈색을 띠고 있었고, 미소는 얼음도 녹일 만큼 따스하다. 하지만 그 미소를 볼 수 없었다.

담임은 교실에 들어서자마자 상기된 표정으로 학예회에 대한 이야기를 시작했다. 우리 반의 실력이 생각보다 뛰어나다며 감동할 정도라고 말했다. 이렇게 다양한 부문에 재능을 가진 학생들이 이토록 많은 줄은 몰랐다고도 했다.

"꽤 많은 아이들이 자발적으로 참여하겠다고 신청한 건 참으로 바람직한 일이야."

선생님은 잠시 말을 멈추고 심호흡을 한 후 말을 이었다.

"물론 아직 주저하는 아이들도 있다. 하지만 그 주저함도 재능이 있음을 보여주는 일종의 상징이라고 생각한다. 사람들은 자신의 재능이 남들에게 내보일 만한 가치가 있는 것인지에 대해 자주 의구심을 갖게 되지.

하지만 재능이 있다면 그것을 숨기는 것 또한 쉽지 않은 거야. 재능이란 건…… 음…… 한 개인이 지닐 수 있는 힘이거든. 언제까지 숨겨 둘 수는 없는 것이지. 언젠가는 밖으로 내보여야 하는 것이기도 하니까."

선생님은 다시 말을 멈췄다. 나와 눈이 마주쳤다. 선생님의 눈빛은 지금까지 말했던 그 어색하고 바보 같은 문장들보다 훨씬 많은 뜻을 담고 있었다.

"바르트!"

선생님이 나를 불렀다.

"나는 네가 학예회 때 독창을 했으면 좋겠다."

모두들 나를 바라보았다. 나는 아다에게 흘낏 눈을 돌렸다. 아다는 책상만 내려다보고 있었다.

나는 선생님을 인간적으로 이해할 수 있었다. 학예회 때 자신이 맡은 학급이 뛰어나게 잘해서 동료 선생님들이 만들어 주는 칭찬의 바다에서 헤엄을 쳐 보고 싶은 바람이 없을 순 없겠지. B반의 코를 납작하게 눌러 버리고 싶기도 할 것이고.

이런 경우엔 불가피한 거짓말을 해야만 한다.

선생님이 다음 말을 시작하기 전에 청산유수처럼 거짓말이 나와 줘야 하는데 어떻게 하지?

"저……"

나는 무슨 말이라도 해 보려 입을 열었지만 맘처럼 쉽지가 않았다.

"어…… 그런데요…… 저는 그런 자리에 맞지 않을 것 같아요."

사실 난 이런 상황이 닥치리라곤 짐작도 못했기 때문에 무슨 말을 해야 할지 생각해 본 적도 없었다. 그런 자리엔 맞지 않다고? 도대체 나에게 맞는 자리는 어디란 말인가? 노르웨이 국왕 앞에서 노래를 불러야 맞단 말인가?

선생님은 생각에 잠긴 표정으로 천장을 바라보며 말했다.

"내가 바라는 건…… 그러니까 내 말은, 네가 학예회 프로그램의 피날레를 장식해 줬으면 해. 네 노래는 정말…… 그래, 한마디로 감동적이었어, 바르트."

아다는 여전히 책상 위의 얼룩에서 눈을 떼지 못하고 있었다. 나는 이 상황에서 벗어나기 위해서 무슨 말이라도 해야만 했다.

생각을 너무 깊이 하다 보니 머리가 지끈지끈 아파 오기 시작했다. 이상하게도 내 뇌는 내가 의도했던 말과는 전혀 다른 말을 내놓고 있었다. 아니, 어쩌면 그 말은 내가 진심으로 원했던 것인지도 모른다. 심지어 끝에는 마침표 대신 느낌표까지 달고 있었다. 그것도 하나가 아닌 여러 개.

"선생님이 그러시다면…… 한번 해 보겠습니다!!!!!"

나는 결국 내 뇌가 찾아낸 말을 내뱉고 말았다.

"좋아! 훌륭해, 바르트. 네가 그렇게 말해 주니 정말 기쁘다."

내가 학예회의 마지막을 장식한답시고 무대에 올라 모든 것을 망쳐 버린 다음에도 선생님은 정말 기쁘다고 말할 수 있을까.

선생님은 우리 반을 맡게 되어서 진심으로 만족스럽다고 말머리를 돌렸다. 우리 학교는 1910년에 설립되었다. 선생님은 이 학교에서 근무한 지 3년밖에 되지 않았음에도 불구하고, 우리가 개교 이래 가장 훌륭한 학예회 프로그램을 만들어낼 것이라 말했다. 적어도 B반을 납작하게 눌러 버릴 것은 확실하다고 덧붙였다.

아다에게 전혀 화가 나지 않는 것이 이상했다. 원칙대로 하자면 난 지금쯤 아다에게 불같이 화를 내야만 한다. 그런데도 난 아다에게 화가 나기보다 나 자신에게 더 짜증이 났다.

쉬는 시간이 되자 한 번도 말을 나눈 적이 없었던 아이들이 내게 다가와 말을 걸었다.

"선생님이 네가 노래하는 시디를 아이들 앞에서 틀어 줬어."

아우구스트가 말했다. 베르트람을 자주 괴롭히는 아이들 중 한 명이었다.

"너 정말 노래 잘하더라."

"글쎄, 난 잘 모르겠어."

"우리가 B반을 이길 수 있을 거야."

사람들은 왜 모든 일을 경쟁으로만 받아들일까? 우리가 최선을 다한 일에 다른 사람들이 좋아해 주면 그것으로도 충분하지 않을까? 이런 의문들은 내 머릿속에서만 맴돌았다. 입 밖으로 나올 경우 사람들에게 면박을 당할 것이 뻔하니까.

내가 학예회의 마지막을 장식하기 위해 무대에서 노래를 부르는 것은 불가능하게만 느껴졌다. 몸이 아프다거나 목이 쉬었다는 말로는 빠져나갈 수 없을 것 같았다. 이쯤 되면 납치를 당했다거나 병원에 입원했다고 거짓말을 해야 할 것만 같았다. 내 마음속에서는 여전히 갈등이 이어지고 있었다.

"바르트, 이 문제의 답이 뭐지?"

다음 시간, 선생님이 칠판 앞에서 내게 물었다.

"어…… 저……."

나는 무슨 과목 수업을 하고 있는지도 모르고 있었다.

"죄송합니다. 딴생각을 하고 있었습니다. 지금 제 머릿속엔 온통 노래 생각밖에 없어서……."

"좋아, 좋아. 계속 노래 생각을 해도 괜찮아. 질문은 다른 사람에게 다시 하지."

순간, 내 주먹에 스스로 케이오를 당한 것 같은 느낌이 들었다.

마지막 수업을 마친 후 나는 재빨리 교실을 빠져나왔다.

내 삶의 제 5 장

계단을 오르니 신발 밑에서 무언가 바삭바삭 바스러지는 소리가 났다. 그 소리에 등골이 오싹해지고 소름이 끼쳤다. 만약 뭔가 굉장히 위험하고 불법적인 일을 할 생각이라면 사람들이 보지 않는 곳에서 해야 할 텐데 우리 아파트에 사는 사람들은 그런 생각을 하지 않는다. 그래서 신발 밑에서 이런 소리가 나는 것이다. 그래도 나는 도망가지 않는다.

주름진 얼굴의 호리호리한 남자가 비틀거리며 계단을 내려왔다. 나는 그와 부딪치지 않으려 벽에 바짝 몸을 붙였다.

현관문을 열고 들어가니 엄마가 텔레비전을 보고 있었다.

"이제 오니?"

엄마는 내게 가까이 오라는 듯 손짓을 했다.

엄마가 나를 껴안자 몸속에 있던 공기가 모두 빠져나가는 것 같았다.

엄마는 내가 알고 있는 사람들 중에서 가장 착한 사람이고, 힘도 꽤 세다. 그렇게 생각하니 기분이 좋아졌다.

"숙제해야 돼."

"넌 나중에 아주 훌륭한 사람이 될 거야. 그건 확실해."

"훌륭한 사람이 못 되면 어떡하지?"

"아냐, 넌 꼭 훌륭한 사람이 될 거야. 장담해."

초인종 소리가 들렸다. 올 사람은 아무도 없는데.

"게이르!"

밖에서 남자 목소리가 들렸다. 복도에서 마주쳤던 남자가 틀림없었다.

"문 열어! 얼른 문 좀 열어 봐, 젠장!"

엄마와 나는 게이르라는 이름을 들어본 적도 없었다.

엄마는 현관문 앞으로 다가가 말했다.

"집을 잘못 찾았어요. 여긴 게이르라는 사람이 없어요."

"문 좀 열어, 게이르!"

"게이르라는 사람은 여기 살지 않는다니까요."

현관문이 덜컹덜컹 흔들렸다. 우리 아파트의 현관문은 하나같이 똑같은 데다 그리 튼튼하지 않았다. 가끔은 한밤중에 누군가가 우리 집 현관문 앞에 서서 왜 열쇠가 맞지 않느냐며 투덜대기도 했다. 그러고 보니 대낮에도 그런 일은 자주 있었다.

"여긴 게이르와 아무 상관없는 사람들이 사는 집이에요. 게이르라는 사람은 여기 살지도 않는다고요!"

엄마가 소리쳤다.

"게이르! 얼른 빌린 돈 내놔!"

현관문 밖의 남자는 계속 문을 두드렸다.

역도 선수가 아니더라도 현관문을 부술 수 있다. 이번에는 엠피쓰리도 도움이 되지 않을 것 같았다. 나는 현관문 밖의 남자가 포기하고 갈 수 있도록 묘안을 짜내야 했다.

나는 현관문 앞으로 다가가 소리쳤다.

"게이르는 죽었어요!"

현관문을 두드리는 소리가 멈췄다.

"뭐라고? 게이르가 죽었다고? 맙소사……. 하긴 나도 게이르가 죽었다고 생각하긴 했어. 너무 오랫동안 못 봤으니까. 그런데 정말 게이르가 죽었다니……. 어쨌거나 미안하구나. 넌 게이르 아들이니?"

"어…… 네."

"미안하다. 더 이상 괴롭히지 않을게. 아빠가 돌아가셔서 상심이 크겠구나. 기운 내, 알았지?"

그는 알아듣지 못할 말을 계속 중얼거리더니 그 목소리가 점점 낮아져 나중엔 무슨 말을 하는지 알아들을 수 없을 정도였다. 나는 게이르가 누군지 전혀 모른다. 그의 아들이 되겠다고 생각해 본 적도 없다.

"잘했어. 아주 현명한 대처였어."

엄마는 내게 도넛이 먹고 싶냐고 물었다.

알고 보니 엄마는 슈퍼마켓에 가서 콜라와 감자칩, 도넛 열두 개를 사 왔다. 그런 것들을 사느라 저녁 장 보는 것을 잊어버리긴 했지만.

"내가 슈퍼마켓에 다시 갔다 올까? 소시지나 미트볼 같은 간단한 저녁거리를 사 올게. 감자도 있어야 되나?"

"그래, 그래라. 아주 좋은 생각이야, 바르트."

엄마는 여전히 텔레비전에서 눈을 떼지 않고 말했다. 텔레비전에는 리얼리티 쇼가 재방송되고 있었다. 신발을 신은 나는 신발끈을 묶으려다 말고 손을 멈췄다.

"그런데 시장 볼 돈은 있어?"

엄마는 내게로 고개를 돌렸다. 입가에는 도넛 크림이 하얗게 묻어 있었다.

"연금 수령일까지는 며칠 기다려야 되는데……. 연금을 받으면 너한테도 용돈을 줄게."

"난 괜찮아. 그럼 오늘 저녁은 도넛으로 때워야겠다."

나는 신발을 벗고 분홍색 크림을 얹은 도넛을 먹으며 숙제를 했다.

비록 욕실에 들어가 문을 잠그고 혼자 있었지만, 커다란 무대 위에 올라가 낯선 사람들 앞에서 노래를 해야 한다고 생각하니 목소리가 갈라지기 시작했다.

"바르트, 괜찮니?"

거실로 나가니 엄마가 걱정스런 목소리로 물었다.

"목에 뭐가 걸려서 그랬어."

"쯧쯧, 아프진 않고?"

"곧 괜찮아질 거야."

"그래, 대부분은 저절로 낫지. 그건 그렇고, 배고프지 않니?"

탁자 위에는 하얀 크림을 얹은 도넛 하나가 외롭게 남아 있었다. 보기만 해도 뱃속이 울렁거렸다. 하지만 엄마는 이미 도넛을 내 눈앞으로 가져온 상태였다. 나는 엄마를 걱정시키지 않으려 도넛을 받아 들었다.

"고마워, 아주 맛있을 것 같아."

그 순간, 초인종 소리가 들렸다. 나는 현관문을 아주 밝은 노란색으로 칠해 버리고 싶었다. 그래야 집을 잘못 찾아오는 사람도 줄어들 테니까. 엄마는 우리가 쫓겨날까 봐 노심초사했다.

초인종을 누른 사람은 분명 게이르의 친구일 것이다. 게이르가 죽었다는 사실을 깜박 잊고 다시 찾아온 것이리라. 다시 초인종 소리가 들렸지만 엄마와 난 아무런 반응도 보이지 않았다. 입속은 설탕뭉치인지 도넛인지 모를 것으로 가득 차 있었다.

"저는 아다라고 해요."

현관문 밖에서 여자애의 목소리가 들렸다.

살다 보면 예상치 못했던 일에 깜짝 놀라기도 한다. 하지만 이보다 더 놀랄 만한 일이 있을까. 나는 너무나 놀라 숨이 멎을 것만 같았다. 정신을 가다듬어 보려고 애쓰는 것조차 포기해 버렸다.

"바르트? 집에 있니?"

아다가 소리쳤다.

"네가 아는 애니?"

엄마가 귓속말로 내게 물었다.

"아니, 모르는 애야."

"하지만 저애는 네 이름을 알고 있잖아?"

"그러니까, 뭐냐면…… 응…… 그러니까……"

"바르트, 문 좀 열어 봐!"

아다가 현관문 밖에서 소리쳤다.

"문을 열어 줘야 할 것 같다, 바르트."

엄마가 말했다.

"기다리다 지치면 돌아갈 거야."

나는 현관문을 바라보았다. 저 문 밖에는 아다가 서 있을 것이다. 지저분하기 짝이 없는 계단과 복도를 거쳐 현관문 앞에 왔을 것이다. 아다의 신발 밑에도 무언가 바스락거리는 것이 묻어 있을지 모른다. 궁금해서 내려다본 아다는 신발 밑에 붙어 있는 것이 사용한 주사기 또는 지저분한 쓰레기라는 것을 알게 되었으리라. 어쩌면 아다는 복도에서 누군가와 마주쳤을지도 모른다. 계단에 발을 헛디디는 사람, 복도에서 지그재그로 비틀거리며 걷는 사람, 무릎을 꿇고 눈을 갸름하게 뜬 채 우편함 앞을 지키고 있는 사람을 보았을지도 모른다.

사실 저소득층 영구 임대 아파트에서 사는 것도 나쁘진 않다. 단, 학교 아이들에게 비밀로 할 수만 있다면 말이다. 하지만 이젠 소문이 퍼지는 건 시간 문제라는 생각이 들었다. 아다가 우리 집 현관문 앞에 서 있다니! 도대체 무엇 때문에 여기까지 왔을까?

"그런데 걔는 도대체 누구니?"

엄마가 나직하게 물었다.

"아무도 아냐."

"그렇진 않은 것 같은데? 네 이름까지 알고 있잖아."

"같은 반 애야."

"같은 반 친구가 여기까지 찾아왔다고?"

"문을 열어 주지 않으면 돌아갈 거야."

"네 목소리가 들려, 바르트. 빨리 문 좀 열어 봐!"

아다가 문 밖에서 말했다.

엄마는 몸을 일으켜 현관문을 열어 주었다.

"안녕, 난 바르트 엄마란다."

엄마는 아다를 향해 손을 내밀었다.

"린다라고 해. 어서 들어와."

아다는 현관을 꽉 막아 버릴 정도로 뚱뚱한 엄마를 쳐다보았다. 엄마는 옆으로 비켜섰고, 아다는 조심스레 집 안으로 발을 들여놓았다. 좀 늦은 감이 없지 않지만, 이젠 우리 집에 대해 얘기해야 할 것 같다. 여태까진 왠지 우리 집 얘기를 하는 것이 어울리지 않는다고 생각했다.

우리 집은 부동산업자들이 자주 입에 달고 다니는 으리으리한 집과는 거리가 멀다. 솔직히 '집'이라고 하기에도 부끄러울 정도다. 엄마와 나는 원룸 아파트에서 살고 있다. 나는 침대에서 잠을 자고, 엄마는 거실 소파에서 잠을 잔다. 바닥에는 잡지와 종이 뭉치들, 그 외 여러 잡다한 것들이 쌓여 있다. 리놀륨 바닥이 보이는 곳은 방 한가운데 조그만 공간뿐이다. 그 외에는 여러 가지 물건들이 가리고 있어 바닥이 보이지 않는다. 책장에는 책을 제외한 온갖 것들이 자리 잡고 있고, 손바닥만 한 냉장고는 냉장고라는 이름이 무색할 정도로 미적지근하다. 한쪽 벽은 연노란색이며, 다른 벽은 하얀색으로 칠해져 있다. 하얀색 벽에는 오래전에 그곳에 있었음직한 그림이나 액자들이 남긴 자국이 보인다. 커튼이 필요한 집이지만, 커튼을 구입하는 것 외에도 돈을 쓸 곳은 많다. 필요한 것을 기록해 둔 목록은 이미 어디 갔는지 찾을 수도 없다. 지금은 그 목록이 상당히 길다는 것만 기억하고 있다.

바로 이곳에서 엄마와 나는 함께 살고 있다. 우리 집에 학교 친구가 찾아온 적은 단 한 번도 없었다. 그런데 지금, 아다가 우리 집에 온 것이다. 우리 집이 이토록 비좁아 보인 적은 없었다. 엄마는 얼른 소파에서 침대보를 걷어냈다.

"앉으렴. 나는 얼른 슈퍼마켓에 다녀올게."

엄마가 말했다.

"하지만……."

나는 돈이 없지 않냐고 말하려다가 입을 다물어 버렸다.

"괜찮아. 내가 다녀올 동안 너는 과일 주스를 친구에게 대접하면 되겠구나."

엄마는 내가 무슨 말을 하려 했는지 눈치를 챈 것 같았다.

나는 고개를 끄덕였다. 그런데 과일 주스는 어제 내가 다 마셔 버렸는데 어떻게 한담…….

엄마가 현관문을 나서기 전까지 아다와 나는 한마디도 하지 않았다. 나는 아다에게 미소를 지어 보려 했지만 생각처럼 잘 되지 않았다.

"너희 엄마는……."

"나도 알아."

나는 아다의 말을 가로막았다.

아다가 정확히 무슨 말을 하려 했는지는 모르지만, 나는 듣고 싶지 않았다. 뚱보, 하마, 자기 관리에 실패한 아둔한 사람 등등, 살이 축축 늘어질 것처럼 뚱뚱한 사람을 표현할 때는 긍정적인 단어를 거의 찾아볼 수 없는 것이 사실이다. 엄마는 살이 좀 쪘다거나 몸집이 크다라는 말로는 안 된다. 엄마는 그 이상이기 때문이다.

"너희 엄마…… 아주 좋으신 분 같아."

아다가 말했다.

"어, 맞아. 맞는 말이야. 그런데 내가 여기 사는 건 어떻게 알고 왔니?"

"학교에서 주소록을 확인했어."

"여기 오지 말았어야 했는데……."

생각지도 않은 말이 툭 튀어나왔다.

"그건 그렇고, 오늘 학교에서 있었던 일은 정말 미안해. 네가 봉투를 주는 것을 리세가 봤지 뭐니. 그게 뭐냐고 묻는데 어떻게 말을 해야 할지 몰라서 그냥 사실대로 말해 버렸어. 그게 최선인 것 같았거든. 선생님은 네 노래를 듣고 감동에 빠지셨고……. 사실 난 그런 선생님 모습은 처음 봤어. 어쨌든 네가 아무에게도 시디를 들려주면 안 된다고 했던 건 잊지 않았어. 그렇지만 난 왠지 네가 은근히 다른 사람들에게도 시디를 들려주기를 바란다는 느낌이 들었어. 넌 왜 나한테 노래 시디를 준 거니?"

왜 아다는 대답하기 불가능한 질문만 하는 걸까?

"글쎄, 그건 나도 모르겠어."

"어쨌든…… 미안해, 바르트."

"괜찮아. 아니, 정말 괜찮은 건 아니고…… 어쨌거나 미안하다고 말해 줘서 고마워."

"넌 왜 다른 사람들에게 노래 들려주는 걸 싫어하니?"

나는 심호흡을 했다.

"난 다른 사람들 앞에선 노래를 할 수가 없어. 네 앞에서도 마찬가지야. 욕실에서 문을 잠그고 혼자 노래를 부를 때만 겨우 만족할 만한 소리를 낼 수 있거든. 그래서 내 노래를 녹음할 수밖에 없었어."

"긴장해서 그런 거니? 무대 공포증 같은 거?"

"응…… 아니, 나도 잘 모르겠어. 사람들 앞에만 서면 온몸이 쪼아드는 것 같아. 그런데 과일 주스 마실래?"

"응."

나는 집에 과일 주스가 없다는 걸 깜박 잊었다.

"아, 그런데 우리 집 물은 참 신선한데……."

"물도 좋아."

주방에선 깨끗한 컵을 찾을 수가 없었다. 나는 얼른 컵을 씻어 수돗물을 채웠다.

"여기."

나는 아다에게 물이 든 컵을 내밀며 말했다.

"우리 집이 많이 지저분하지? 미안해."

"괜찮아."

아다는 물을 한 모금 마신 후 내게 물었다.

"그런데 너는 안 마실 거니?"

그 와중에 컵을 하나 더 씻어야 한다는 것은 엄마와 내가 설거지를 얼마나 자주 하지 않는가를 적나라하게 보여주는 것이었다. 우리가 설거지를 아예 안 하는 것은 아니다. 단지 매일 하지 않을 뿐.

"물이…… 참 신선하구나."

나는 뭔가 할 말을 찾아보았지만 찾기가 쉽지 않았다. 어쩌면 그 상황에서 할 수 있는 말은 아예 없는지도 모른다.

"여기 오래 살았니?"

아다가 물었다.

아주 좋은 질문이다. 물론 아다는 우리가 얼마나 가난한지, 또는 최근에 어떤 불행한 일이 있었는지를 물어보고 싶었을 것이다.

"조만간 이사할 수 있기를 바라고 있어."

그건 거짓말이 아니다. 나는 이사를 갈 것이라고 단정적으로 말하진 않았으니까. 난 분명 이사 가기를 바라고 있다고 말했다. 적어도 난 이사를 갈 수 있길 바란다. 매일 간절히 원하고 있다. 특히 한밤중에 현관문 밖의 소란스러움에 잠을 깰 때 그 간절함은 이루 말할 수가 없다. 학교에서 마음에 맞는 친구가 생길 때면 그 간절함은 너무나 커져서 배가 아파올 지경이다. 하지만 내 바람이 아무리 간절하다 하더라도 엄마의 간절함에 비교할 수 있을까.

"좋아질 거야. 음…… 그러니까 내 말은, 이사를 하면……"

아다가 말을 이었다.

"지금도 그리 나쁜 건 아니지만 말야. 적어도 이사를 하면 아파트 출입구와 복도가 좀 더 깨끗한 곳으로 갈 수 있겠지."

"고마워."

나 같은 아이에겐 어떤 종류의 칭찬을 해 줄 수 있을까? 난 출입구와 복도가 그렇게 지저분하다고 생각해 보지도 않았다. 진심으로 말이다.

"시디를 가져왔어."

아다는 외투 주머니에서 시디를 꺼냈다.

나는 마치 더럽히면 안 되는 물건인 것처럼 조심스레 그것을 탁자 위에 올려두었다. 그리고 문득 아다가 이곳에 어울리지 않는다는 생각이 들었다. 물론 난 이곳과 너무나도 잘 어울리는 사람이다. 나는 아다가 집으로 돌아가기 전에 한 가지 약속을 받아내고 싶었다.

"다른 아이들한테는 절대로 말하지 마."

"뭘……?"

"우리 집에 대해서……."

"네가 어떻게 살고 있는지? 걱정 마. 그런 얘기는 안 할게. 너희 집에 들렀다는 이야기도 안 할 테니까 걱정할 필요도 없어. 솔직히 내가 일부러 그런 말을 할 이유도 없잖아?"

그렇다. 아다가 그런 말을 할 이유는 없었다. 만약 아다가 우리 집에 왔다고 하면 그건 스스로 빈민가 사람들과 어울린다고 인정하는 것이나 마찬가지일 테니까. 그럼에도 난 마음을 놓을 수가 없었다. 아다가 비밀을 지키는 데는 그다지 능숙하지 않은 것 같아서였다. 어딘지 모르게 살짝 새는 물통 같다고나 할까.

"학예회는 어떻게 할 거니?"

아다의 말에 나는 혼자 빠져 있던 생각에서 벗어났다.

"립싱크를 해도 될까?"

"그럼 사람들이 금방 눈치챌 텐데?"

"차라리 중미 어느 나라로 이사를 가 버릴까 봐."

내 말에 코웃음을 치던 아다가 한순간 지저분하게 쌓인 물건들 사이로 시선을 던졌다.

"저건……?"

나는 아다의 시선을 따라가 보았다.

"아, 그 말이 사실이었구나! 정말 복싱을 하는 거니?"

"응. 하지만 주로 얻어맞기만 해. 아직 상대방을 때려 본 적은 없어."

내 말에 웃음을 터뜨린 아다는 마치 예상치 못했던 것을 더 찾아보고 싶다는 듯 집 안을 둘러보았다. 비좁은 집에 비해 너무나 많은 물건들이 자리를 차지하고 있다는 말을 하고 싶었던 건 아닐까. 아니, 어쩌면 아다는 산더미처럼 쌓여 있는 잡지와 신문지들이 언제쯤 무너져 내릴지 궁금해 하고 있는지도 몰랐다. 나는 이렇게 코딱지만 한 집을 두고 어떤 이야기를 해야 할지 알 수 없었다. 그나마 아다가 더 이상 묻지 않아 다행이었다.

"이제 가 봐야 할 것 같아."

그러면서도 이상하게 아다는 자리에서 일어나지 않았다. 마치 내가 무슨 말이나 행동을 하길 기다리는 것만 같았다. 나는 주변을 둘러보며 이렇게 지저분하고 혼란스러운 공간을 처음으로 본 사람은 어떤 생각을 할까를 제삼자의 입장에서 생각해 보려 했지만, 솔직히 내겐 이 지저분함이 너무도 익숙해 눈에 잘 보이지도 않았다.

"무하마드 알리의 원래 이름은 캐시어스 클레이였어. 그런데 무슬림으로 개종을 하면서 이름도 바꿨대."

"네가 아는 사람이니?"

"아냐, 무하마드 알리는 꽤 오래전에 이름을 날렸던 미국의 복싱 선수야."

"아, 그래? 그 사람에 대해서 더 얘기해 줘."

나는 아다가 복싱에 관심이 없다고 거의 확신했지만, 개의치 않고 이야기를 해 주었다. 잠시도 쉬지 않고 봇물 터진 듯 이야기를 하다 보니 내가 무하마드 알리에 대해 꽤 많은 것을 알고 있다는 생각이 들었다. 알리가 '최고 중의 최고'라 일컬어진다는 것과, 조 프레이저나 조지 포먼 같은 세계적 복싱 선수와 경기를 해서 헤비급 챔피언 타이틀을 거머쥐었다는 이야기도 해 주었다. 뿐만 아니라 그는 말도 잘해서 상대방에 대한 여러 가지 이야기들을 각운까지 맞춰 가며 시처럼 읊기도 했는데, 나는 그가 남긴 명언들을 몇 가지나 기억하고 있다고 덧붙였다. 아다는 내 이야기에 관심을 보였다. 심지어는 알리가 자주 사용했던 복싱 기술인 로프어도프(rope-a-dope, 로프에 기대어 상대의 공격을 한동안 피함으로써 상대의 힘을 빼는 기술)에 대해 설명해 줄 때도 흥미를 보였다. 특히 우리가 학교에서 배웠던 베트남이라는 나라에서 벌어졌던 전쟁에 참전을 거부했다는 이야기를 할 때는 눈을 반짝이며 들었다.

내가 잠시 말을 멈추자 아다는 댄스에 대해 얘기하기 시작했다. 아다는 무용학원에 가서 펑크와 재즈, 뮤지컬에 필요한 댄스를 배운다고 했다. 아다가 설명해 주는 댄스 테크닉은 언뜻 복싱 기술과도 비슷하다는 생각이 들었다. 다른 점이 있다면 춤을 출 때는 상대방을 때리지 않는다는 것이었다. 그렇다면 시퍼렇게 멍이 드는 사람도 없을 것이다.

한참 이야기를 나누다 보니 문소리가 들렸다. 엄마는 커다란 봉지를 두 개나 들고 숨을 헉헉 몰아쉬며 현관에 들어섰다. 도대체 엄마는 돈을 어디서 구했을까?

"저녁 먹고 갈래?"

엄마가 아다에게 물었다.

"오늘 저녁엔 미트볼을 먹을 거야."

아다는 잠시 주저했다.

"집에 전화해서 엄마한테 여쭤 볼게요. 현관에 나가서 전화해도 될까요?"

"물론이지."

나는 아다가 왜 현관에 나가서 전화를 하려는지 알 수 없었다. 혹시 거짓말을 하려는 건 아닐까. 학교에서 괴짜 취급을 당하는 바르트와 집을 가득 채울 만큼 뚱뚱한 그의 엄마가 살고 있는 저소득층 임대 아파트에서 저녁을 먹고 가겠다는 말을 하고 싶진 않겠지. 아다의 속내를 들여다보는 것은 그리 어렵지 않았다.

아다의 부모님은 저녁을 먹고 와도 된다고 허락해 주셨다. 엄마는 식탁 겸 탁자로 사용하는 거실 탁자 위를 깨끗이 치웠다. 사실 거실 탁자는 식탁으로 사용하기엔 너무나 낮았다.

"손님이 오니 좋은걸."

엄마의 말에 아다가 미소를 지었다.

저녁을 먹는 내내 나는 엄마가 저소득자 연금이나 레마1000에 대해 이야기할까 봐 안절부절못했다. 텔레노르에 다닌다고 거짓말을 할까 봐 걱정이 되기도 했다. 하지만 엄마는 아다에게 평범한 질문 몇 개를 한 것 외에는 식사 시간 대부분 입을 다물고 있었다. 미트볼은 비록 집에서 직접 만든 것은 아니었지만 맛은 꽤 좋았다. 대화는 자주 삐걱거렸지만 적어도 어색한 침묵은 없었으므로 만족할 만했다.

"잘 먹었습니다. 아주 맛있었어요."

저녁을 먹은 후 아다가 예의 바르게 말했다.

"잘 먹었다니 나도 기분이 좋구나."

엄마가 말했다.

나는 대부분의 엄마들이 그런 식으로 말할 거라고 생각했다. 곧 거실에 정적이 스며들었다. 엄마는 미소를 지으며 두 손으로 허벅지를 문질렀다. 나는 아다에게 내 방을 보여주겠다고 말할 수가 없었고, 엄마가 우리를 위해 자리를 피해 줄 수도 없었다. 엄마가 갈 수 있는 곳이라곤 욕실밖에 없었으니까. 그 상황에서 엄마가 욕실로 자리를 피하면 더 이상할 것도 같다.

"이젠 정말 집에 가 봐야겠어."

아다가 갑자기 생각난 듯 말했다.

"응, 나도 숙제를 해야 돼."

나는 기다렸다는 듯 말했다.

"와 줘서 고마웠어."

옆에 있던 엄마가 한마디 거들었다.

"내일 학교에서 보자, 바르트."

"응, 그래."

아다가 몸을 일으켰다. 나는 아다가 웃으며 돌아갈 수 있도록 뭔가 재미있는 말을 한마디 해 주고 싶었다. 누군가를 방문하고 돌아오는 길에 웃을 수 있다면 그 방문을 좋게 기억할 테니까.

"스트룀스타에서 일하는 전기기사에 대한 이야기 들어봤니?"

"어떤 전기기사?"

"스트룀스타(Strømstad, strøm(전기)와 stad(장소)라는 두 단어를 합친 말로, 노르웨이 동쪽에 자리한 지역 이름이기도 하다.)에 살고 있는 전기기사 말야."

"스웨덴 사람이니?"

"아니, 스트룀스타에 사는 사람이라니까."

"들어본 적 없는데……."

하지만 어색하고 멍청하기까지 한 말을 하게 된다면, 그 만남은 오랫동안 바보 같고 어색한 만남으로 기억될 것이다. 아, 갑자기 머릿속에 불이 붙은 듯 화끈거리기 시작했다.

"안녕히 계세요!"

아다가 대문을 나서며 엄마에게 작별 인사를 했다.

엄마는 소파에 앉아 아다에게 손을 흔들었다.

"또 놀러 와라."

엄마가 말했다.

나는 복도까지 아다를 배웅해 주러 나갔다.

"또 놀러 오지 않아도 돼."

나는 아다에게 나직하게 말했다.

"난 너희 엄마가 참 좋은걸."

다행히도 복도에선 아무도 마주치지 않았다. 아다가 나를 가볍게 포옹하자 내 뺨은 화끈거리기 시작했고, 나는 어쩔 줄 몰라 하다 작별 인사를 건네는 것조차 잊어버렸다. 아니 어쩌면 작별 인사를 했는지도 모르겠다. 순간적으로 꿈을 꾸고 있는 것 같은 느낌이 들었다. 나만의 상상으로 가득 찬 작은 비눗방울 같은 세상에 살고 있다는 생각도 들었다. 같은 반 여자애가 우리 집에 놀러 오다니!

나는 아다가 오가던 불량배에게 돈을 뺏기지나 않을까 걱정하며 꽤 멀리까지 배웅해 주었다. 우편함 앞의 지저분한 꼴을 보니 갑자기 현실로 돌아온 것 같았다. 바닥에는 신발 자국이 찍힌 광고지가 여기저기 널려 있었고, 벽 쪽에는 쓰다 버린 더러운 주사기도 한두 개 버려져 있었다. 계단 위에는 바비큐용 장갑과 부서진 캠핑 의자가 흩어져 있었다. 나는 이제 복도에 이런 물건들을 버리는 사람들이 있다는 사실에도 놀라지 않았다.

갑자기 할머니의 신발 밑에 붙어 있었던 지저분한 휴지 조각이 떠올랐다. 할머니는 복도에 있던 휴지 조각이라고 했다가 말을 바꾸어 길에서 밟힌 것이라고 했다. 아다는 집 안이 적어도 복도보다는 깨끗하다고 말했다. 그렇다면 이건 무슨 뜻일까? 나는 얼른 집에 들어가 깨끗한 A4 용지 하나를 찾아냈다. 머릿속에 있던 글자들을 하나하나 옮기고 있자니 엄마가 다가와 어깨너머로 쳐다봤다.

"바르트, 미안해."

"뭐가?"

"우리가 여기 사는 것 말야……. 여긴 네 친구들이 놀러 오기엔 그리 좋지 않은 것 같아."

"아다는 아무한테도 말하지 않을 거야."

엄마는 종이에 쓴 글을 읽으며 내 등을 가볍게 쓰다듬어 주었다.

여러분들은 쓰레기 더미 속에서 살고 싶은가요?

저는 3층에 살고 있습니다. 오는 일요일 오후 5시에 모두 함께 모여 청소를 했으면 좋겠습니다. 그날은 제 생일이기도 합니다. 열세 번째 생일이랍니다. 바르트.

"이렇게 하면 좀 도움이 될지도 모르잖아."

"좋아, 아주 좋아. 하지만 바르트……."

나는 고개를 들고 엄마를 바라보았다.

"뭐……?"

"우리가 다른 아파트에 살았더라면 이런 제안서가 도움이 되었을지도 몰라. 사람들이 제안서를 보고 함께 모여 청소를 하겠지. 하지만…… 여기 사는 사람들은…… 글쎄……."

"시도를 해 보는 것도 나쁘진 않잖아. 엄마도 할 거지?"

엄마는 계속해서 내 등을 쓰다듬었다.

"너도 알다시피 의사 선생님이……."

"알아, 나도 안다고."

내 삶의 제 6 장

초저녁 즈음, 엄마는 곧 돌아오겠다고 하고 집을 나섰다.

나는 아파트 입구에 두 장의 제안서를 붙여 놓고 집에 돌아와 숙제를 한 다음 잠시 노래를 불렀다. 옆집에서 벽을 쾅쾅 두드렸다. 왠지 기분이 좋았다. 그들이 내 노래를 들었다는 증거니까.

잘 시간이 되어도 엄마는 돌아오지 않았다. 나는 자리에 누워 아다를 떠올렸다. 더 정확히 말하자면 나는 자리에 누워 지금쯤 아다는 무슨 생각을 하고 있을까 궁금해 했다. 그러니 잠이 올 리가 없었다.

깜박 잠이 들었던 것 같다. 눈을 뜨니 엄마가 침대 끝에 걸터앉아 나를 바라보고 있었다. 나는 아다와 호랑이 두 마리, 별똥별에 대한 꿈을 꾸고 있었다.

"아, 이제 온 거야, 엄마?"

나는 잠에 취해 중얼거렸다.

"결심했어."

"응?"

나는 이불을 끌어당겨 얼굴을 덮고 다시 잠을 청했다.

"이사 갈 거야. 곧 여길 떠나 다른 곳으로 이사를 가도록 하자."

"응."

"사랑하는 아들, 내 착한 아들. 너는 평범한 집에서 평범한 이웃들과 함께 지낼 자격이 있어."

"내일 다시 이야기하면 안 될까?"

"난 단지 내가 결심했다는 걸 네게 알려주고 싶었어. 그래, 난 결심했다고. 자장가 불러줄까? 자장~ 자장~"

"괜찮아, 엄마."

"바르트, 넌 너무너무 착해. 이 말을 하고 싶었어. 넌 이 엄마를 이해하지? 내 사랑하는 아들. 넌 나의 전부야."

"응."

"넌 너무너무……"

엄마가 딸꾹질을 하기 시작했다. 몸을 돌리던 엄마가 소파에 부딪쳤다.

더 이상 아다 생각이 나지 않았다. 나는 눈을 반쯤 뜨고 드렁드렁 코를 고는 엄마를 바라보았다. 가끔은 나만의 방이 있다면 어떨까 생각해 본다. 벽에는 무하마드 알리와 브린 테르펠의 사진이 걸려 있는 방. 작은 책상과 독서용 램프가 설치된 침대. 방문에 잠금 장치가 되어 있다면 더욱 좋을 것이다.

기상 알람이 울렸다. 겨우 눈을 뜬 나는 몸을 일으키고 엄마를 보았다. 엄마는 어제 입었던 옷을 그대로 입은 채 입을 벌리고 자고 있었다.

빵과 햄, 우유. 도시락을 꽉꽉 채웠더니 뚜껑을 닫기도 힘들 지경이었다.

복도 바닥에는 어제 붙여 놓았던 제안서 중 하나가 꼬깃꼬깃 구겨진 채 바닥에 내동댕이쳐져 있었다. 나는 다시 집 안으로 들어가 테이프를 가지고 나왔다. 구겨진 종이를 허벅지에 대고 쭉 편 다음 테이프로 다시 벽에 잘 붙여 놓았다. 제안서 가장 아래에 '떼어내지 마세요!'라고 한 줄 덧붙여 쓰는 것도 잊지 않았다.

학교 정문 앞에서 아다와 마주쳤다.

"이리 와 봐!"

아다의 말투는 부탁하는 것이 아니라 명령하는 것처럼 들렸다. 나는 아다의 뒤를 따라 복도를 지나친 후 지하실로 내려갔다. 지하실에는 탈의실과 목공실, 음악실 등이 나란히 붙어 있다. 아다는 복도 끝에 있는 작은 화장실 문을 열더니 나를 안으로 잡아끌었다. 세면대에 등이 부딪혔다. 아다는 얼른 문을 잠갔다. 우리는 서로의 체취까지 느낄 수 있을 정도로 바짝 붙어 섰다. 나는 아다의 몸에서 달콤한 참외 냄새가 난다고 생각했다. 어제는 참외 냄새가 나지 않았는데 어찌된 일일까. 우리는 너무나 가까이 서 있었다. 숨을 멈췄다. 밀실공포증이 생겨날까 봐 두려워지기 시작했다. 무슨 일이 벌어질 것인가?

"나를 위해 노래해 줘."

아다가 말했다.

"여기서 노래를 할 수는 없어."

"실제로 네 노랫소리를 확인하고 싶어서 그래."

"그건 왜?"

"잔말 말고 얼른 노래를 불러 달란 말야."

그 자리를 당장 박차고 나왔어야 했다. 화장실 안에서 바보 같은 짓을 하긴 싫다고 쏘아붙인 다음 그곳을 벗어났어야 했다. 하지만 내게 노래를 불러 달라고 말하는 사람이 다른 사람도 아닌 아다였기에 나는 꼼짝도 할 수가 없었다. 아다는 나를 일부러 난처하게 만들 사람은 아니기 때문이다. 적어도 나는 그렇게 생각한다.

눈을 감았다. 우리 집의 욕실 안에 서 있다고 생각했다. 샤워커튼과 선반 위에 놓인 수없이 많은 엄마의 알약들, 그리고 발꿈치를 들어야만 얼굴을 볼 수 있는 거울. 입안이 바짝 말라 오기 시작했다. 목구멍도 부어오르는 것 같아서 침을 넘길 수가 없을 정도였다. 나는 크게 숨을 들이쉬고 고막이 찢어질 듯 큰 소리로 노래를 하기 시작했다. 실패였다. 완벽한 실패였다. 학예회의 무대에서 노래를 하면 이렇게 될 것이 틀림없었다.

노래를 그만두려는 찰나, 아다가 내 손을 잡았다. 그녀의 손가락이 내 손가락 사이를 비집고 들어왔다. 아다의 손은 너무나 따스했다. 나는 눈을 감은 채 계속 노래를 불렀다. 순간, 말로는 설명할 수 없는 이상한 일이 벌어졌다. 마당의 자갈돌처럼 거칠거칠하던 목소리가 졸졸 흐르는 맑은 시냇물처럼 변했던 것이다. 노래를 계속하면 할수록 소리는 더욱 매끄럽고 아름답게 변했다.

나는 아다를 위해 노래를 했다. 학교 안의 작은 화장실에서. 노랫소리는 만족할 만했다. 훌륭하다고까지는 할 수 없었지만 학예회 무대에서 부를 정도는 되는 것 같았다.

갑자기 노래를 멈춘 나는 눈을 떴다.

“네 노래는 정말 아름다웠어. 알고 있니?”

“그럴 마음은 없었어.”

“그럴 마음이 없었다고?”

“아니, 그러니까 내 말은…… 응, 맞아…… 네 말이 맞아.”

우리는 동시에 깍지 낀 손을 내려다보았다. 순간, 나는 마치 전기에 감전된 것처럼 얼른 아다의 손을 뿌리쳤다.

“도대체 무슨 일이 일어난 건지 이해할 수가 없어.”

“난 네가 잘 해낼 수 있을 거라고 믿어.”

우리는 서로 마주 보고 서 있었다. 너무나, 너무나 가까이서. 갑자기 숨을 쉬기가 힘들어졌다. 뒷걸음질을 치던 나는 다시 세면대에 등을 부딪혔다.

“미안해. 하지만 학예회 무대 위에서도 손을 잡고 노래를 부를 수는 없잖아.”

나는 얼른 화장실을 나와 계단을 뛰어 올라갔다.

“기다려, 바르트. 할 말이 있어.”

“난 그냥…….”

학교 운동장에는 숨을 쉴 수 있는 공기와 내가 서 있을 수 있는 충분한 공간과 여러 명의 아이들이 있었다. 나는 운동장 한쪽 외진 곳에 서서 심호흡을 했다. 그때 다른 사람 앞에서도 제대로 노래하는 것이 가능하다는 생각이 들었다. 심지어 살이 닿을 정도로 가까이 서 있는 사람 앞에서조차도. 도대체 무엇 때문에 가능했던 것일까? 혹시 아다의 손은 마법의 손이 아닐까? 그 손이 없어도 내가 노래를 제대로 할 수 있을까? 채 생각을 정리하기도 전에 아우구스트가 다가왔다.

"안녕. 여기서 혼자 뭘 하고 있어?"

나는 고개를 까딱해 보이며 인사를 대신했다. 혹시 내가 아다와 함께 화장실에 있었다는 사실을 눈치챘을까?

"그 소문이 정말 사실이야?"

"무슨 소문?"

나는 영문을 몰라 그에게 되물었다.

멀찍이 떨어져 서 있던 남자애 두 명이 우리를 쳐다보았다. 아우구스트는 눈썹을 살짝 추켜올렸다. 나는 뭔지 모르지만 드디어 올 것이 왔다는 생각이 들었다.

"넌 빈민가에서 살고 있고, 너희 엄마는 200킬로그램이 넘는 뚱보라는 이야기 말야."

그 말을 듣는 순간, 내 몸은 시멘트처럼 굳어 버렸다.

"아냐."

나는 단호하게 잘라 말했다.

"그렇지 않아."

"그럼, 너희 엄마 몸무게는 어느 정도야?"

"대충 60킬로그램 정도."

그렇게 말을 하고 나니 내가 사실을 말했다는 착각이 들었다. 그렇다. 거짓말을 하더라도 스스로 그것이 진실이라 생각해야 거짓말도 그럴듯하게 할 수 있다.

"그래?"

자기 엄마의 몸무게를 정확히 아는 사람은 없다. 특히 60킬로그램 정도의 가냘픈 몸매를 지닌 엄마의 몸무게라면 더욱 그럴 것이다. 그럼에도 아우구스트는 고개를 끄덕여 주었다. 나는 이것으로 끝나기를 바랐다. 아다가 헛소문을 퍼뜨렸다고 믿어 줬으면 좋겠다고 생각했다. 그럼 소문이 더는 퍼지지 않을 것이고, 모든 것이 오해에서 생겨났다고 한마디만 하면 되는 것이다. 멀찍이 떨어져 있던 남자애들에겐 아예 처음부터 듣지 못했던 이야기가 될 것이다. 최악의 경우, 나는 가냘프고 호리호리한 아줌마에게 학교에 와 달라고 부탁해 볼 마음도 없지 않았다. 내가 자신의 아들이며 우리는 적어도 주민들이 힘을 모아 일주일에 한 번은 계단과 복도 청소를 하는 평범한 아파트에 살고 있다고 그 아줌마가 말해 준다면 얼마나 좋을까.

동시에 내 머릿속엔 이것이 끝이 아니라 시작일 뿐이라는 생각도 스쳤다.

"너한테 곰팡이 냄새가 나는 것 같아."

아우구스트는 이렇게 말하고는 총총걸음으로 가 버렸다.

잠시 후 마리타가 다가와 떠도는 소문이 사실이냐며 걱정스런 얼굴로 물었다.

"이해가 안 가네. 왜 이런 일이."

"그런데 정말 너…… 저소득층을 위한 임대주택에 살고 있니?"

"방 다섯 개와 베란다, 그리고 벽난로가 세 개나 있는 집을 임대주택이라고 부른다면…… 틀린 말은 아니겠지."

"벽난로가 세 개나 된다고?"

"응, 그중에 하나는 고풍스런 대리석 난로야."

수업 시작종이 울리기 전에 두 명이나 더 내게 와서 같은 질문을 던졌다. 아다는 그 어디서도 볼 수 없었다. 도대체 어디로 사라져 버린 것일까? 수업이 시작되었지만 아다의 자리는 비어 있었다. 겁을 먹고 자취를 감춰 버린 건 아닐까? 하긴 연쇄살인범의 사진을 모으는 아이를 적으로 만드는 건 두려운 일임에 틀림없다. 점점 확신이 생기기 시작했다. 아다는 비밀을 지킬 수 없는 아이라고.

내 머리는 온갖 잡다한 생각들로 터질 것만 같았다. 나는 엄마가 살이 쭉 빠진 모습으로 학예회는 물론 다른 여러 학교 행사에 와 주었으면 좋겠다고 생각했다. 솔직히 나는 방 다섯 개에 벽난로가 세 개나 있는 집에서 살 필요는 없다. 매일매일이 외줄타기를 하듯 아슬아슬하다는 생각이 들었다. 이제 얼마 있지 않아 베르트람과 내가 자리바꿈을 하는 날이 올지도 모른다. 내가 스모 선수처럼 뚱뚱한 엄마와 임대주택에 산다는 소문을 잠재우는 방법은 단 하나밖에 없었다. 학예회 무대에서 모든 사람들이 입을 쩍 벌릴 정도로 근사하고 아름답게 노래를 부르는 것.

담임 선생님은 마지막 시간에 학예회 총연습이 있을 거라고 말했다. 참가자들은 쉬는 시간에 강당에서 따로 연습을 해도 된다고 했다.

나는 수업에 집중하려고 갖은 애를 다 써 보았다. 국어 시간이었다. 매일 사용하는 언어이기에 더 많이 배워야 하는 것은 당연하지만, 오늘 수업 시간에 배운 건 하나도 없다는 느낌이 들었다. 수업을 마치는 종소리가 울린 후에도 나는 자리에 가만히 앉아 있었다. 선생님이 내게 다가와 밖에 나가 바람을 좀 쐬고 오라고 하셨다.

"오늘 네 노래를 들어볼 수 있을 테니 기대가 된다."

선생님은 나를 지나치며 한마디 툭 던졌다.

운동장에 나가니 내가 설 자리가 없는 듯한 느낌이 들었다. 아이들은 모두 학예회에 대한 이야기에 정신이 팔려 있었다. 베르트람이 강당에서 랩을 했지만 스눕 독(Snoop Dogg, 미국의 유명 래퍼)과는 거리가 멀다고 했다. 베르트람은 이번 학예회를 위해 특별히 무대에서 사용할 예명까지 지었다고 한다. 펨머른. 그것은 '50센트(50Cent, 미국의 래퍼)'를 노르웨이어로 바꾼 것이다.

주변을 돌아보았다. 베르트람은 더 이상 운동장 외곽에서 혼자 서 있지 않았다. 그는 무리들 한가운데에 있었다. 마치 그가 들어왔기 때문에 무리들 중 그 누군가는 자리를 비켜 주어야 할 것 같았다.

B반에서 선보인 댄스는 청중들의 눈과 가슴을 사로잡을 만큼 대단한 것이었다는 소리도 들렸다.

얼마 전 텔레비전에서 프랑스 혁명에 대한 프로그램을 본 적이 있다. 지금은 단두대 위에 서 있는 사람이 나라는 생각이 들기 시작했다. 거대하고 날카로운 칼날이 내 목을 향해 다가오고 있는 중이며, 잠시 후 내 머리는 몸에서 분리되어 운동장 외곽에서 외롭게 뒹굴 거라는 생각도 들었다.

다시 수업이 시작되었지만 나는 여전히 집중할 수가 없었다. 마치 내

자리가 아닌 곳에 앉아 있는 것만 같았다. 때가 되면 모든 것이 다 잘 될 것이라는 말이 떠올랐다. 얼마나 터무니없는 말인가?

무대 위에 섰다. 거짓말이 아니라, 정말 내가 무대 위에 선 것이다. 비록 그 무대는 학교 강당 안에 있는 낡고 지저분한 것이긴 하지만 말이다. 우리는 마지막 수업 시간에 학예회 총연습을 했다. 나는 어떡해서든 그곳을 벗어나고만 싶었다. 그럼에도 나는 무대 한 중앙에 서 있었던 것이다.

선생님은 내가 못 알아들었다고 여겼는지 미소를 지으며 같은 질문을 여러 차례 던졌다. 아다는 하루 종일 코빼기도 보이지 않았다. 아이들은 기대에 가득 찬 표정으로 나를 바라보았다. 노래를 근사하고 훌륭하게만 부른다면 엄마가 스모 선수처럼 뚱뚱하다는 것과 내가 임대주택에 산다는 것은 아무런 문제도 되지 않을 것이라고 생각했다.

"일전에 녹음했던 곡과 같은 곡을 불러 줬으면 좋겠다."

"예……?"

"그건 모차르트 곡이야."

"선생님이 그걸 어떻게 아세요?"

"난 클래식 음악을 참 좋아하거든. 그 곡도 이미 다운로드 받아 놓았어."

"먼저 발성 연습부터 해야겠어요."

"아, 그렇군."

"탈의실에 가서 발성 연습을 하고 올게요."

"알았어. 네가 발성 연습을 하는 동안 우린 순서를 좀 바꿔서 연습하고 있을게."

나는 탈의실을 거쳐 복도를 지나쳐 행정실로 들어갔다. 책상 앞에 앉아 있는 분에게 주소 하나를 물으니 그는 노란 포스트잇에 주소를 적어서 건네주었다. 나는 얼른 강당에서 멀찍이 떨어진 문을 통해 학교를 빠져나온 다음 뒤도 돌아보지 않고 달리기 시작했다.

새삼스럽게 학교 주변의 건물들이 각각 너무나 다른 모습을 하고 있다는 사실에 놀라지 않을 수 없었다. 이전에는 생각해 보지 않았던 것이었다. 그 지역은 구시가지에 있었는데, 곳곳에 새로 들어선 아파트 건물들과 빌라, 그리고 작은 단독주택들이 보였다. 부자와 가난한 사람들이 뒤섞여 사는 동네라고들 했다. 현대 도시에서는 흔치 않은 지역이란 소리도 들은 적이 있었다. 아다의 집 대문 앞에 선 나는 그제야 빈부의 격차가 이런 것이구나 하고 알 수 있었다.

주소를 몇 번이나 확인했고, 문패에 적인 이름도 수차례 거듭 읽어 보았다. 아다의 집은 웅장한 성과는 거리가 멀었다. 하지만 유니폼을 입은 경비원이 정중하게 문을 열어 준다 해도 놀라지 않을 만했다.

문을 열어 준 사람은 여자였다. 값비싼 장신구로 치장한 그녀는 어딘지 모르게 좀 피곤해 보이기도 했다.

"아다 집에 있나요?"

"응. 그런데 넌 아다 친구니? 본 적이 없는 것 같은데……?"

"여기 놀러 온 적은 없어요. 하지만 저는 아다와 같은 반 친구예요."

"혹시…… 네 이름이……."

"바르트라고 해요."

"아, 그렇구나. 들어본 적이 있어. 아다가 너희 집에서 저녁을 먹은 적이 있지?"

아다가 우리 집에 대해서도 이야기를 했을까?

"잠시 아다와 얘기 좀 해도 될까요?"

"물론이지. 아다는 방에 있어. 복도를 따라가서 왼쪽 편에 있는 네 번째 방문을 두드려 보렴."

왼쪽에 있는 네 번째 방문을 두드려 보라고? 우리 집에는 방문이 단 하나밖에 없다. 그 문은 욕실로 들어가는 문이다.

나는 신발을 벗고 들어가 널찍한 거실과 커다란 욕실을 거쳐 네 번째 방문 앞에 도착했다. 문을 두드리려고 손을 올리던 나는 잠시 멈칫했다. 나는 지금 화를 내고 있는 걸까, 아니면 실망하고 있는 걸까? 아무 일도 없었다는 듯 태연한 표정을 지을까? 아니면 마구 소리를 지르며 화를 내 볼까? 아다는 정말 내가 연쇄살인범의 사진을 수집하는 미치광이라고 생각할까? 생각을 정리할 수가 없었다. 무엇을 해야 할지도 알 수 없었다. 내 속에서는 서로 다른 감정들이 제각기 머리를 치켜들고 싸웠지만 그 어떤 감정도 승자가 되진 못했다.

타고난 본성을 변화시킨다는 것은 불가능하다는 생각이 들었다. 나는 내 삶을 긍정적으로 바라보기로 마음먹었다. 세상의 그 누구도 태어날 때부터 악한 사람은 없다. 이 세상은 살 만한 곳이다. 아니, 정말 그런가? 진정 내가 나 자신을 변화시킨다는 게 가능한 일일까?

방문을 두드리기도 전에 아다가 문을 열었다. 아다에게 텔레파시 능력이 있는 건 아닐까? 어쩌면 아다는 막 욕실에 가려던 참이었거나 배가 출출해 주방에서 메추라기 알을 구워 먹으려 방을 나서던 참이었을지도 모른다.

"아……"

나를 발견한 아다는 마른침을 꿀꺽 삼켰다.

"지나가던 길에 잠깐 들렀어."

아다는 아무 말도 하지 않았다. 내가 말을 이을 수밖에 없었다.

"너도 어제 우리 집에 잠깐 들렀으니까……."

아다의 입에서 바람 빠지는 듯한 소리가 새어나왔다.

"들어올래?"

그녀는 방 안을 손가락으로 가리키며 물었다.

"방이 참 예쁘다."

나는 방 안을 둘러보며 말했다.

"집도 근사하고……."

"그럴 필요 없어……."

그날은 마치 말을 맺지 못하는 사람들을 위한 날인 것 같았다. 말을 끝까지 하지 않아도 수많은 의미를 전달할 수 있는 날. 어떤 이들은 내가 말끝을 흐림으로써 상대방을 비꼬고 빈정댄다고 생각할지도 모른다. 어쩌면 그 또한 틀린 말은 아닐 거다. 하지만 지금은 너무나 많은 생각들이 머릿속을 채우고 있기 때문에 그런 것까지 신경 쓸 겨를이 없다.

아다는 책상 앞 의자에 앉았다. 아다의 책상 위에 있는 온갖 신기한 물건들을 모두 설명할 마음은 없다. 최신형 컴퓨터와 아이패드는 물론 처음 보는 물건들도 많았다. 한마디로 아다의 방을 꾸미기 위해 엄청난 돈이 들어갔을 거라는 말이다.

"어디 아프니? 오늘 학교에 안 왔길래……."

"아냐, 많이 아프진 않아."

나는 방 안을 휘휘 둘러보는 게 민망해서 창밖으로 시선을 던졌다. 정원에는 트램펄린과 배드민턴 네트가 있었다. 하지만 수영장은 없었다.

"있잖아…… 바르트…… 난…… 솔직히 리세에게 그런 말을 할 생각은 없었어. 나도 인정해. 난 비밀을 지키는 데는 그다지 소질이 없는 것 같아. 리세가 어디 갔다 왔냐고 묻는데 난 리세에게 거짓말을 하고 싶진 않았어. 나랑 가장 친한 친군데 어떻게 거짓말을 하겠니. 난 아이들에게 퍼뜨리지 말라고 신신당부를 했지만 리세는 그걸 깜박 잊었던 것 같아. 아니, 어쩌면 내가 깜박 잊고 그 말을 하지 않았는지도 몰라. 맞아. 그랬던 것 같아. 문제는 리세가 빌데에게 이메일을 보내서 내가 했던 말을 그대로 다 전한 거야. 너도 알다시피 빌데는 아우구스트와 친하잖아. 네가 화가 많이 났다는 건 알아. 난 단지…… 생각이 짧았던 거야."

"난 너한테 전후 사정을 설명해 달라고 하진 않았는데."

"그래도 난 너한테 그간 있었던 일을 다 말해 주고 싶었어. 너도 눈치챘겠지만 난 비밀을 그다지 좋아하지 않아. 그런데 학교 애들이 모두 다 알고 있니?"

나는 어깨를 으쓱 추켜 보였다. 순간, 설명할 수 없는 이상한 일이 일어났다. 콧잔등이 시큼시큼해지기 시작했던 것이다. 갑자기 내게 병이 생긴 건 아닐까?

난 스스로를 동정하고 연민하는 사람은 아니다. 자기 자신에게 동정과 연민을 느끼다 보면 삶이 불행하다고 느껴지고 슬퍼지기 마련이니까. 슬퍼한다고 삶이 나아지는 것도 아니다.

나는 몸을 돌리고 아다에게 등을 보인 채 서 있었다. 곧 내게 무슨 일이 일어날지 알았기 때문이다.

이제 정말 솔직하게 말해야겠다. 난 갓난아기 때를 제외하고는 눈물을 보인 적이 없었다. 그런데 이제 와서 눈물을 흘리다니. 그것도 같은 반 친구이자 내가 좋아하는지 싫어하는지도 모르는 여자애, 거기다 신뢰할 수도 없는 아이 앞에서 말이다.

"무슨 일이야? 괜찮아?"

아다가 걱정스럽게 물었다.

아다가 내 어깨에 손을 올리기만 했어도 난 북받치는 울음을 참지 못하고 눈물을 쏟아냈을지 모른다. 다행히도 아다는 내 등 뒤, 한 발짝 떨어진 곳에 서서 꼼짝도 하지 않았다. 콧잔등의 시큼시큼하던 느낌은 어느새 사라졌다. 나는 아다를 향해 몸을 돌리며 말했다.

"응, 괜찮아. 아무 일도 아냐."

"어쨌든 미안해, 바르트."

"알았어. 그런데 말할 때마다 굳이 내 이름을 부를 필요는 없어."

"알았어. 정말 미안해."

"그것 때문에 학교에 오지 않았던 거야?"

이번엔 아다가 고개를 끄덕이며 바닥으로 시선을 가져갈 차례였다.

"너희 엄마한테도 다 얘기했니?"

아다가 재빨리 고개를 들었다.

"아냐. 난 그냥 좋은 말만 했어. 물론 다른 애들한테도 너희 엄마에 대해 좋지 않은 말을 할 생각은 없었는데……."

"됐어."

나는 아다의 말을 막았다.

우리는 너무나 크게 느껴지는 아다의 방에 멀뚱멀뚱 서 있었다. 들리는 소리라곤 멀리서 들려오는 차 소리밖에 없었다. 분위기는 나아지지 않았다. 그렇다고 더 나빠지지도 않았다.

"내가 좋아하는 음악을 들어 볼래?"

아다가 물었다.

"그러지 뭐."

아다가 틀어 주는 음악은 그저 그랬다. 나는 우리 또래의 아이들이라면 알앤비나 랩, 팝송 같은 것들만 좋아하는 줄 알았다. 하지만 아다가 들려준 음악은 어쿠스틱 기타를 연주하며 부르는 여자들의 노래뿐이었다. 그런 음악은 나이 지긋한 사람들이 캄캄한 가을밤에 초를 켜 놓고 분위기를 잡을 때 듣는 음악이라고 생각했는데. 어떻게 보면 아다에게 어울리는 것 같기도 했다. 그 상황에서 어울리지 않는 것은 아다의 집뿐이었다. 나는 마치 한 나라의 왕이 사는 성 안에 서 있는 것 같았다.

저녁식사 시간까지 아다네 집에 머물렀다. 식탁에 올라온 음식은 러시안 캐비어도 아니었고 스시도 아니었다. 우리는 타코를 먹었고, 아다는 식탁 위에 음식을 꽤 많이 흘렸다.

"넌 어디 사니?"

아다의 엄마가 입안에 음식을 가득 넣은 채 물었다.

"여기서 그리 멀지 않은 곳에 있는 아파트에 살아요."

"아파트에 살면 이웃이 많아서 좋겠구나."

내 삶의 제 7 장

집에 돌아오는 길에 확인해 보니 제안서는 아직 벽에 붙어 있었다. 소파에 앉아 있던 엄마는 방금 무언가를 먹은 듯했다. 남은 것은 빵과 햄의 빈 포장지와 부스러기밖에 없었다.

"우리 아들, 이제 오니? 탁자 위를 좀 정리해 줄래?"

나는 주방 선반에서 분리수거 봉지를 찾아와 음식 찌꺼기를 쓸어 담았다.

"엄마, 정말 곧 이사를 갈 수 있을까?"

엄마는 갑자기 무언가 흥미로운 것을 발견했다는 듯 창밖을 뚫어지게 바라보았다. 나는 이런 질문을 자주 하지 않는다. 질문을 하는 동시에 분위기가 가라앉기 때문이다. 내가 왜 불현듯 이런 질문을 했는지 나도 모른다. 하지만 입 밖에 낸 말을 다시 주워 담을 마음은 없었다.

"물론이지, 바르트. 일단 우리가 살 수 있는 적당한 집부터 찾아야 하지 않겠니?"

"그러려면 시간이 걸리겠지?"

"그렇겠지."

"하지만 언젠가는 꼭 이사를 갈 수 있겠지?"

"약속할게."

"좋아. 그냥 궁금해서 물어본 거야."

"바르트, 맥도날드에 가서 저녁거리를 사 오지 않을래?"

나는 엄마에게서 돈을 받아 주머니에 넣은 다음 운동화를 신고 현관문을 나섰다. 한 남자가 복도에 서서 내가 붙여 놓은 제안서를 읽고 있었다. 그의 머리는 지저분하기 짝이 없었고, 턱에는 수염이 덥수룩했다. 나를 발견한 그는 집게손가락으로 제안서를 툭툭 치며 말을 걸어왔다.

"이거 봤니?"

"어…… 예."

"아주 좋은 시도야. 바로 이런 게 필요해. 들쥐들의 소굴 같은 이곳에는 누군가가 이런 일을 먼저 앞장서서 해 줘야 해."

"그건 사실…… 제가 붙여 놓은 거예요."

"정말이야? 좋아, 좋아. 정말 훌륭해. 나도 꼭 참여하지."

"고맙습니다."

"언제니?"

"일요일이에요."

"오늘은 무슨 요일이지?"

"금요일이요."

"이틀 후로군. 좋아. 일요일에는 아무 약속이 없는 데다 일찍 퇴근할 수 있으니까."

"예……?"

"하하, 농담이야. 난 일을 하지 않아. 직업이 없거든. 어쨌든 꼭 올 테니까 걱정 마. 약속할게. 넌 아주 훌륭한 아이로구나."

양 볼이 화끈 달아올랐다. 그가 청소를 잘할 것 같진 않았지만, 상관없었다. 그는 내가 붙여 놓은 제안서를 보았고 참석하겠다고 했다. 이런 사람이 더 많다면 얼마나 좋을까?

나는 맥도날드 대신 레마1000으로 가서 빵과 햄을 샀다. 집에 돌아오니 엄마는 텔레비전을 켜 놓은 채 자고 있었다. 나는 사 온 음식을 먹고 텔레비전을 끈 후 욕실에 들어가 노래를 불렀다. 선반에 있던 알약들이 진동을 하고 세면대에 똑똑 떨어지는 물방울들이 흔들릴 정도로 힘껏 노래를 불렀다. 내 곁에 서서 손을 꼭 잡고 있는 아다를 떠올렸더니 노래가 더 잘 되는 것 같기도 했다.

나는 '오페라(Opera, 노르웨이 오슬로에 있는 공연장의 애칭)'에 가 본 적이 한 번도 없다. 언젠가 길에서 오페라를 부르는 사람을 본 적이 있지만, 엄마는 내 손을 잡아끌며 갈 길을 재촉했다. 그러니 오페라 공연을 본 적은 단 한 번도 없는 셈이다. 하지만 꼭 무대 의상을 입은 거대한 몸집의 남녀 가수들이 오페라를 부르는 광경을 직접 봐야 오페라를 좋아한다는 법은 없다. 나는 유튜브에서 오페라를 검색해 보았지만 영국의 아이돌 프로그램에서 비뚤어진 이를 가진 한 남자가 노래를 부르는 것만 볼 수 있었다. 나는 모차르트, 베토벤, 바그너, 푸치니가 어떻게 다른지에 대해 배우지 못했다. 그들은 대부분 할머니가 태어나기도 전에 이 세상을 떠났다. 하지만 이 세상엔 이들 외에도 수많은 작곡가들이 있다.

거울을 봤더니 내 얼굴의 윗부분만 조금 보였다. 난 거인이 되고 싶은 마음은 없다. 단 몇 센티미터만 더 크면 더 바랄 게 없을 것 같다.

욕실에서 나오니 엄마가 잠에서 깼다.

“텔레비전 리모컨 좀 가져다주겠니?”

“여기 있어.”

나는 리모컨을 엄마의 손에 쥐어 주었다.

엄마가 텔레비전을 켜는 순간 초인종 소리가 울렸다. 가장 먼저 떠오른 건 아다가 현관문 앞에 서 있을 것이라는 생각이었다. 엄마는 현관문을 향해 고갯짓을 하며 내게 문을 열어 주라는 신호를 보냈다. 보안구멍을 통해 밖을 살펴보니 주름이 자글자글한 낯익은 얼굴이 보였다. 나는 발뒤꿈치를 들고 살금살금 엄마에게 다가가 나직이 귓속말을 했다.

“할머니예요.”

깜짝 놀라는 엄마의 얼굴엔 두려움이 살짝 엿보였다.

“지금 오면 안되는데, 이를 어쩌지. 금요일과 토요일 저녁엔 일을 할 거라고 말했거든. 절대 문을 열어 주지 마!”

“할머니가 오셨는데 어떻게 문을 안 열어 줄 수 있어?”

다시 초인종 소리가 들렸다. 엄마의 이마에선 땀방울이 흘러내렸다. 엄마는 스트레스를 받을 때면 항상 식은땀을 흘리곤 했다.

“담요를 줘. 아픈 척하는 수밖에…….”

나는 엄마에게 양모 담요를 덮어 준 다음 현관문을 열었다.

"둘 다 집에 있었구나."

할머니가 말했다.

"집이 큰 것도 아닌데 왜 이렇게 문을 늦게 열어 줬니?"

"엄마를 좀 도와드려야 했어요. 엄마가 많이 편찮으시거든요."

할머니는 꽤 큰 쇼핑백을 들고 있었다.

"지나가던 길에 잠시 들렀어. 이걸 전해 주려고 말야."

할머니는 쇼핑백을 탁자 위에 올려놓았다. 쇼핑백 안에는 예쁘게 포장된 상자가 들어 있었다.

"이번 주말에 생일 파티 할 거니?"

할머니의 질문에는 악의가 없었다. 하지만 할머니의 질문에 대답하는 건 쉽지 않았다. 나는 할머니에게 대답을 하기 전에 항상 두 번 이상 생각을 해야 했다. 엄마와 나는 자주 할머니에게 해야 할 말과 하지 않아야 할 말을 신중하게 고려해서 미리 입을 맞추곤 하지만, 가끔은 예상에 어긋나는 일도 없지 않았다.

"다음 주에 친구들을 불러서 생일 파티를 할 예정이에요."

나는 거짓말을 했다.

"하지만 일요일에 한번 들러 주시면 좋겠어요. 오실 거죠?"

"물론이지."

"일요일엔 아파트 주민들과 함께 대청소를 하기로 했어요. 일종의 청소 품앗이예요."

"응, 나도 복도에 붙어 있는 제안서를 봤어, 바르트. 나도 품앗이에 참

여할게."

"고맙습니다."

할머니는 엄마에게 여느 때와 다름없이 대답하기 힘든 질문을 던졌다.

"넌 통신회사에서 일한다면서 제대로 작동되는 휴대폰도 없니?"

"갑자기 회사의 모바일…… 시스템에 문제가 생겨서 그래요."

"통신회사의 고객에게 그런 문제가 생기는 것보다는 직원에게 문제가 생기는 게 낫다고 생각해요."

나는 두 사람의 대화에 끼어들었다.

"네 말에도 일리가 있구나."

할머니는 설명할 수 없는 미묘한 표정을 지으며 말했다.

주방의 오븐기 위에 있는 수납장은 마법의 수납장이라 해도 과언이 아니다. 엄마는 집으로 날아오는 온갖 청구서를 그곳에 보관해 둔다. 일단 거기에 들어간 것들은 밖으로 다시 나오는 일이 거의 없다. 청구서들은 마치 블랙홀 같은 수납장 속으로 쑥 빨려 들어간 것만 같다. 하지만 그 속에서 사라지진 않을 것이다. 휴대폰 서비스가 정지되었다는 것은 요금 청구서가 그 속에 있다는 것을 증명하는 것이나 마찬가지니까.

할머니는 설거지를 하고 집 안을 정리했다. 우리 집에 올 때면 매번 하는 일이기도 했다. 할머니는 엄마에게 왜 이렇게 사냐고 묻는 법이 없다. 대신 커피를 끓이고 내게 필요한 것은 없는지 친절하게 물어본다.

할머니는 엄마와 많이 다르다. 물론 할머니가 매사에 완벽하다는 말은 아니다. 할머니는 담뱃가루를 종이에 직접 말아 담배를 피우고, 엄마의 말에 의하면 옛날에는 사람들이 장롱 속에 보관해 둔 속옷보다 더 많은 애인이 있었다고 한다. 나는 할머니가 근래엔 연애를 하지 않는다고 생각한다. 할머니는 요즘 '구드레이크'라는 앵무새와 함께 살고 있기 때문이다. 할머니는 앵무새가 마치 애인인 것처럼 말할 때도 있다. 우리는 할머니 집을 방문하는 일이 거의 없다. 엄마가 새만 보면 알레르기를 일으킨다고 해서다. 그렇지만 난 엄마 말을 전적으로 믿진 않는다.

"이사 계획은 어떠니? 잘 진행되고 있니?"

할머니가 물었다.

"아마 이번 달 안으로는 이사를 할 수 있을 것 같아요."

엄마가 대답했다.

나는 엄마가 거짓말을 하고 있다고 소리치고 싶었다. 이번 달 내로 이사를 간다는 건 어림도 없는 이야기였다. 나는 할머니가 엄마 말을 곧이곧대로 믿는다고 생각하지 않았다. 하지만 할머니는 엄마의 말에 만족스런 표정을 지었다.

"이사를 가게 되면 좋아질 거야."

할머니의 얼굴엔 다시 말로 표현할 수 없는 미묘한 표정이 떠올랐다.

일요일은 내 생일이다. 이제 틴에이저(Teenager, 13~19세의 청소년)가 되는 셈이다. 틴에이저가 되면 세상을 다른 눈으로 볼 수 있을지도 모른다.

"복싱에 대해 좀 생각해 봤는데."

할머니가 돌아간 후 잠자리에 들 무렵 엄마가 말문을 열었다.

"복싱이 너와 맞지 않는 것 같은데…… 넌 어떻게 생각하니?"

엄마는 텔레비전의 소리를 낮추었다. 심각한 이야기를 할 때면 엄마는 항상 텔레비전 볼륨을 낮추곤 한다. 혹시 복싱 코치가 엄마에게 전화를 한 건 아닐까?

"왜?"

"다른 스포츠도 많잖아. 살면서 필요한 모든 것들을 한 데 모아 놓은 스포츠……. 예를 들면 종합 격투기 같은 거. 그건 복싱과 레슬링, 킥복싱을 섞어 놓은 스포츠란다. 손과 발을 모두 이용할 수 있는 데다 아주 옛날에는 올림픽에서 정식 종목으로 채택되기도 했던 스포츠야."

"글쎄……."

"한번 잘 생각해 봐. 종합 격투기를 배우게 되면 어떤 종류의 공격도 잘 막아낼 수 있을 거야."

"자주 공격을 받을 일도 없을 것 같은데……."

"두려움에서 벗어나는 법도 배울 수 있을 거야. 텔레비전 아침방송에서 봤어."

"내가 직접 좀 더 알아볼게."

나는 이웃집 와이파이를 이용해 컴퓨터를 인터넷에 연결했다.

검색을 해 보니, 종합 격투기는 이로 물어뜯는 것과 손으로 눈을 찌르는 것 외에는 모든 것이 허용되는 스포츠였다. 다행히도 노르웨이에서는 이 종목이 금지되어 있었다. 아무리 봐도 내 나이 또래의 아이들이 배우기엔 적당하지 않은 것 같았다.

"여기 보니까, '파이트 클럽'이라는 영화에 종합 격투기가 조금 나온다고 하네. 일단 그 영화부터 보는 건 어떨까?"

"아, 그러고 보니 며칠 전에 복싱에 대한 영화를 빌려 놨는데 깜박 잊었네. 오늘 저녁에 같이 볼까?"

엄마는 커버에 한 소년이 공중으로 풀쩍 뛰어오르는 모습이 담긴 영화 디브이디를 보여주었다. 그 소년의 이름은 빌리 엘리엇이었다.

"뒷면에 적힌 내용은 읽어 본 거야?"

나는 디브이디 커버 뒷면을 대충 읽어 본 다음 엄마에게 물었다.

"아니, 읽어 보진 않았어. 하지만 칩 찰리가 복싱을 다룬 영화라고 했어."

"보니까 주인공은 복싱이 아니라 발레를 하고 싶어 하는 것 같은데?"

"뭐? 발레라고?"

엄마는 내 손에서 디브이디를 빼앗아 뒷면에 적힌 글을 읽기 시작했다. 엄마는 항상 좋은 의도로 매사에 최선을 다하려 하지만 그 결과는 자신의 뜻과는 달리 나오는 게 다반사였다. 생각해 보니 지금은 복싱을 하고 있지만 언젠가는 꼭 발레를 배우겠다는 소년에 대한 영화를 보는 것도 나쁘진 않을 것 같았다. 하지만 그 영화를 보면 복싱을 계속할 마음이 사라져 버릴 것만 같았다.

"세상에! 내가 엉뚱한 영화를 빌려 왔구나. 얼른 가서 다른 영화가 있는지 물어보고 올게."

잠시 후 돌아온 엄마는 '파이터'라는 영화를 내밀었다. 이 영화는 복싱에 대한 이야기를 다루고 있는 게 확실하다는 말을 덧붙이며.

이번 영화도 엄마의 예상과는 달랐다. 영화의 주인공은 우리 아파트에 사는 몇몇 사람들처럼 마약에 중독된 남자였고, 복싱을 하는 사람은 주인공의 형이었다. 그 형제의 엄마도 스토리에 큰 비중을 차지하고 있었다. 그녀는 우리 엄마와 비슷한 면도 없지는 않았지만, 같다고 할 수는 없었다. 이런 것들은 참으로 설명하기가 힘들다. 엄마는 영화를 그리 좋아하지 않는다. 나도 마찬가지다. 영화를 봐도 기분이 좋아지진 않았다. 내가 보고 싶은 건 수치심과 괴로움에 시달리며 힘겹게 살아가는 사람들이 아니었다. 결말이 긍정적이지 않을 것이라는 생각이 스쳤다. 하지만 끝까지 보지 않고는 단정할 수 없는 일이었기에 인내심을 가지고 화면 앞을 지켰다.

결국 우리는 더 참지 못하고 채널을 돌려 버렸다. 엔알케이(NRK, 노르웨이 국영방송)에서는 토크쇼를 하고 있었다.

"미안해, 바르트."

"괜찮아. 엄마랑 같이 영화를 볼 수 있어서 좋았어."

토요일의 좋은 점은 학교나 직장에 가지 않아도 된다는 것이다. 이런 날에는 어떤 일을 하며 시간을 보내도 좋다.

지금 내게 부족한 것은 시간을 보내며 할 만한 일이다.

엄마는 나보다 먼저 일어나서 찬물에 설탕과 잼, 시리얼을 듬뿍 넣어 식탁 위에 올려놓았다.

"이번 주부터 레마1000에서 일주일에 이틀 간 일을 할 생각이야."

"잘됐네."

"일요일에 있을 청소 품앗이에 대해서도 생각해 봤는데."

나는 시리얼을 먹다 말고 고개를 들어 엄마를 쳐다보았다.

"내가 모인 사람들을 지휘해서 일을 할 수 있을 것 같다."

"물론 그래도 돼."

"그런데…… 너도 알다시피…… 그런 일엔 사람들이 잘 모이지 않는 법이야."

"복도에서 어떤 아저씨를 만났는데, 그분은 오신다고 했어."

"그래, 하지만 말과 행동이 다른 사람도 많아."

"난 그 아저씨를 믿어."

나는 그렇게 말하고 시리얼로 시선을 돌렸다.

아침식사를 마친 엄마는 소파에 앉아 텔레비전을 켰다. 나는 욕실에 들어가 노래를 부르며 거울 속의 내 얼굴을 바라보았다. 거울 속의 나와 눈이 마주칠 때마다 목소리가 거칠어졌고 음정이 빗나갔다. 다시 눈을 감으면 정확한 음정을 잡을 수 있었다. 인터넷에서 최면에 대한 글을 읽은 적이 있다. 최면술을 이용한다면 수백 명의 사람들 앞에 서서 노래를 부를 때도 욕실에 혼자 있는 것처럼 노래를 할 수 있지 않을까?

욕실에서 나온 나는 엄마 옆에 자리를 잡고 앉았다. '여행의 열기'라는 프로그램이 재방송 중이었다. 나는 외국에 가 본 적이 한 번도 없다. 프로그램 출연자들 이야기를 들으니 외국 여행을 하면 스트레스를 많이 받을 것 같았다. 그래도 호텔에 묵는 건 꽤 좋을 것 같았다. 매우 청결하고 깨끗하게 보였으니까.

두 시간 쯤을 텔레비전 앞에서 보낸 엄마가 말했다.

"잠시 바람 좀 쐬고 올게."

"어디 갈 건데?"

"그냥 집 주변……."

"멀리 가진 마."

"알았어."

주말이 되면 엄마와 나는 조그마한 일로 신경전을 벌일 때가 간혹 있다. 그러니까 몇 시간 정도는 서로 떨어져 있는 것도 나쁘진 않다.

학교에서 몸을 움직이는 것이 얼마나 좋은 것인지에 대해 자주 들었다. 엄마에게도 몸을 좀 움직이고 운동을 해 보라고 말하고 싶지만, 그런 말을 하면 엄마의 마음을 상하게 할 것 같아 차마 입을 열 수가 없다.

복도에는 여전히 제안서가 붙어 있었다. 종이의 아래쪽에 '떼어내지 마세요!'라는 글자 밑에는 누가 써 놓았는지 '모두들 잔말 말고 오시오!'라고 적혀 있었다.

나는 웃음을 터뜨렸다. 그때 낯익은 얼굴 세 개가 눈에 들어왔다. 나는 급히 발을 멈췄다. 적어도 일주일에 다섯 번은 볼 수 있는 얼굴들이었다. 하지만 토요일에는 한 번도 보지 못했던 얼굴들. 특히나 우리 아파트 주변에서는. 그들은 우리 집 근처에서 만나고 싶지 않은 아이들을 순서대로 말했을 때 1등부터 3등까지에 해당하는 아이들이었다.

"여기서 뭐 해?"

생각지도 않았던 말이 내 입에서 툭 튀어나왔다.

보이지 않는 손이 내 배를 비틀어 짜는 것 같은 느낌이 들었다. 내 앞에는 아우구스트, 가브리엘, 그리고 요니가 서 있었다. 모두들 우리 반 아이들이다. 우리 집 근처에 우연히 올 일이 없는 아이들. 그들에게 질문을 던질 필요도 없었다. 난 이미 대답을 알고 있었으니까.

"소문이 사실인지 확인해 보고 싶었어."

아우구스트가 말을 이었다.

"여기가 바로 네가 사는 빈민가니?"

이런 질문에는 어떻게 대답해야 할까? '아냐, 여기는 다른 사람들이 사는 빈민가야.' 라고 하면 될까?

"혹시 저 사람이 너희 아빠니?"

가브리엘이 한 현관문 앞에서 비틀거리며 열쇠를 찔러 넣고 있는 한 남자를 가리키며 물었다.

나는 물론, '아냐, 저 사람은 우리 아빠가 아냐!'라고 대답할 수도 있었다. 하지만 그들이 원하는 것은 내 대답이 아니었다. 그들은 피식 코웃음을 쳤다. 지금껏 그들이 베르트람에게 던졌던 코웃음과 다르지 않았다. 이제 베르트람은 '펨머른'이라는 이름으로 학예회 무대에서 랩을 부를 예정이고, 왕따 신세에서 벗어나는 것은 시간 문제였다.

"너희 엄마 좀 볼 수 있니?"

아우구스트가 물었다.

할 말이 없었다. 변명의 여지도 없었다. 이 상황에서 어떻게 변명을 해야 하는지도 알 수 없었다. 아우구스트가 우리 엄마에 대해 묻다니, 이보다 더 처참하고 절망적인 일이 있을까. 그는 마치 우리 엄마가 희귀한 물건이라도 되는 듯 말하고 있었다.

우리 반에서 제일 몸집이 큰 아우구스트는 팔씨름 대회에서 우승을 한 적도 있었다. 나? 나는 복싱을 배우고 있다. 복싱 코치는 이제 나도 상대방에게 펀치를 날릴 때가 됐다고 말했다.

코치의 말은 전적으로 옳다. 나도 그쯤은 알고 있다.

아우구스트 일행이 내게 가까이 다가왔다. 아우구스트는 미소를 머금고 있었다. 나는 그 미소가 호의적이라고 생각했다.

하지만 그것은 착각이었다.

순간, 내 주먹이 허공을 가로질렀다. 아우구스트의 뺨을 향해 뻗친 내 주먹. 힘, 각도, 방향, 모든 것이 완벽했다. 무하마드 알리조차도 자랑스러워할 만한 펀치였다.

하지만 내 주먹은 아우구스트의 뺨을 허무하게 지나쳐 버렸다. 그때의 내 몸은 복싱을 하는 것이 아니라 춤을 추는 것 같았으리라.

겨우 움직임을 멈추자, 기다렸다는 듯 그의 주먹이 날아왔다. 내 얼굴에서 폭발이 일어난 것만 같았다. 머리는 순간적으로 뒤로 젖혀졌고, 뼈가 부러지는 소리를 들었다고 생각했다. 나는 더 이상 아우구스트 일행을 볼 수가 없었다. 보이는 것은 하늘밖에 없었다. 하늘과 건물 지붕들.

아우구스트, 가브리엘, 그리고 요니는 몸을 굽혀 나를 내려다보며 무슨 말인가를 중얼거리며 주고받았다. 내 귀에서 삐— 하는 소리가 들렸다. 그들의 입모양이 희미해지기 시작했다.

일행은 내 하늘에서 사라져 버렸다. 뺨 위로 무언가 축축한 것이 흘러내렸다. 빗방울은 아니었다.

나는 단지 가만히 서서 얻어맞기만 한 것은 아니었다. 나도 그들에게 주먹을 날렸다. 비록 명중시키진 못했지만 말이다. 믿기 어렵겠지만, 나는 나 자신이 꽤 자랑스러웠다.

"이런! 괜찮니?"

하늘만 보이던 곳에 또 다른 얼굴이 보이기 시작했다.

"왜 이렇게 된 거야? 내 손에 걸리기만 했으면 그 껄렁패들 불알을 뭉개

줬을 텐데."

복도에서 품앗이 제안문을 읽고 있었던 남자는 나를 부축해 일으켜 주었다. 나는 상체만 일으킨 채 두 손으로 얼굴을 감싸 쥐었다. 손가락이 붉게 물들기 시작했다. 그는 입고 있던 티셔츠를 벗어 내 눈앞으로 들이밀었다.

"아얏!"

생각지도 않은 말이 툭 튀어나왔다.

"미안, 미안! 그런데 코를 좀 손봐야 되겠는걸."

"코라구요?"

"부러진 것 같아."

내 삶의 제 8 장

그만하면 다행이라는 생각이 스쳤다. 까딱했으면 콘크리트에 뒤통수를 부딪쳐 죽을 수도 있었으니까. 그렇다면 엄마는 혼자 살아가야 한다. 엄마가 내 도움 없이 산다는 건 불가능한 일이다.

"넘어져서 계단 손잡이에 얼굴을 부딪치다니. 정말 운이 나빴구나."

엄마는 내 등을 쓰다듬으며 말했다.

내게 티셔츠를 건네주었던 남자는 내가 엄마에게 여차저차 거짓말을 하며 둘러댈 때도 진지하게 고개를 끄덕여 주었다. 응급실로 향하기 직전, 그가 내 귀에 대고 나직이 속삭였다. '다음에 또 그 껄렁패들과 마주치면 내가 손을 봐 줄게.'

응급실에 갔다 온 나는 소파에 앉아 텔레비전을 보았다. 내 코 위에는 뼈가 제자리를 잡을 수 있도록 커다란 밴드가 붙어 있었다. 마치 머리 전체가 퉁퉁 부어오른 것 같은 느낌이었다. 머리를 들어올리기가 힘들 정도로 무거웠다.

"복싱 연습은 며칠 쉬어야겠다."

"응, 그래야겠어."

"품앗이를 하자는 제안서를 떼 버릴까?"

"그럴 건 없어. 팔이나 다리가 부러진 건 아니잖아."

엄마는 내게 미소를 지었다.

"넌 매사에 긍정적이구나. 역시 내 아들이야. 그런데 오늘 저녁에 잠시 집을 비워도 될까?"

"오늘 저녁에?"

"응, 일찍 돌아올게. 약속! 잠시 바람만 쐬고 올 거야. 하지만 네가 싫다면 집에 있을게. 네가 괜찮다고 하면 잠시 나갔다 올 생각인데……."

나는 엄마를 바라보았다. 엄마는 고개를 옆으로 살짝 기울인 채 미소를 짓고 있었다. 나는 엄마가 집에 있기를 바랐다. 오늘만큼은 함께 있어 줬으면 좋겠다고 생각했다.

"응, 괜찮아."

"고마워, 바르트. 아주 잠깐만 있다가 돌아올게. 바람만 쐬고 오는 건데, 뭘. 며칠 동안 집에만 있었더니 좀이 쑤셔서 말이야."

엄마는 집채만 한 몸을 부르르 떨었다.

"알았어."

마치 누군가가 내 얼굴 위에서 뜀뛰기를 하는 것 같았다. 엄마가 준 진통제 두 알을 삼켰지만 여전히 코끼리가 얼굴 위에서 뛰어다니는 것 같은 느낌은 사라지지 않았다. 유치하기 짝이 없는 바보 같은 텔레비전 프로그램조차도 따라갈 수가 없었다. 뇌까지 제 기능을 잃어버리지만 않았으면 좋겠다고 생각했다.

엄마는 화장을 하고 집을 나섰다. 나는 텔레비전을 껐다. 몸을 눕히니 오히려 앉아 있는 것보다 훨씬 통증이 심했다.

월요일은 결전의 날이다. 나는 이런 모습으로 학예회에 참가할 수 없다고 말할 생각이다. 어차피 정말 무대 위에서 노래를 하리라고는 생각하지 않았으니까. 나는 코와 얼굴이 퉁퉁 부어오른 것은 물론, 목도 좋지 않아서 만약 내가 노래를 부른다면 청중들은 괴로워하며 피가 날 정도로 귀를 후벼 팔지도 모른다. 그렇게 설명한 다음 매서운 눈빛으로 아우구스트를 째려볼 작정이었다. 그러면 모두들 내가 아우구스트 때문에 무대에 서지 못하는 것이라 짐작할 것이다.

목소리를 가다듬어 노래를 해 보았다. 정확한 음정의 청아한 목소리가 흘러나왔다. 문제될 건 아무것도 없었다. 이렇게만 노래를 할 수 있다면 사람들의 귀는 무사할 것이다. 하지만 노래를 오래 할 수가 없었다. 내 머리는 몇 톤이나 되는 돌덩이처럼 무거웠으니까.

다시 텔레비전을 켜고 코미디 프로그램을 보기 시작했다. 이해할 수 없는 농담에 사전에 녹음된 듯한 웃음소리가 뒤따라 나왔다. 뉴스에서는 슬프고 절망적인 이야기만 들려주었다.

깜박 잠이 들었다고 생각한 순간, 초인종이 울렸다. 보안구멍으로 밖을 내다보니 나를 부축해 집까지 데려다주었던 아저씨가 서 있었다.

"좀 어떠니?"

문을 열자 아저씨는 기다렸다는 듯 내게 물었다.

"아직 좀 아파요."

나는 잠시 멈췄다가 다시 말했다.

"들어오시겠어요?"

"네 엄마 집에 계시니?"

"아뇨."

잠시 후 그는 거실에 서서 집을 한 바퀴 빙 둘러보았다. 그의 몸은 뼈와 가죽만 남은 듯 앙상하기 그지없었고, 몇 개의 이는 금방이라도 치과 의사에게 치료를 받아야 할 것 같았다.

"저는 바르트라고 해요."

나는 그에게 손을 내밀며 말했다.

"나도 전에는 그걸 가지고 있었지."

"뭘요?"

"바르트!"

"아, 그렇군요. 그런데 아저씨 이름은 뭐죠?"

"게이르."

"아, 그러고 보니 언젠가 아저씨를 찾는 사람이 우리 집에 온 적이 있었어요."

"그래? 난 자주 바람처럼 사라지곤 하지. 어느 날 갑자기 말야. 아무도 나를 찾을 수 없지. 주로 돈을 빌리고 갚지 못할 때 그런 일이 생겨."

"저는 아저씨가 세상을 떠났다고 거짓말을 했어요."

"하하하! 잘했어! 나도 내가 죽었다는 소문을 들었어. 좀 과장되긴 했지만 아주 큰 도움이 됐어."

게이르는 소파에 털썩 앉은 후 두 번쯤 자세를 바꾸었다. 그는 쉴 새 없이 손바닥으로 허벅지를 문질렀다. 나는 침대에 걸터앉았다.

"그런데 그 애들이 왜 네게 주먹질을 했니?"

게이르가 물었다.

"제가 먼저 때렸어요. 아니…… 먼저 때리려고 했던 거죠. 저는 복싱을 배우고 있어요. 하지만 아직 상대방을 때려 본 적은 없어요."

"복싱은 아주 멋있는 스포츠지. 보기만 할 때는 그렇다는 말이야. 물론 복싱을 어느 정도 이해해야 하긴 하지만……. 너는 한 방 맞자마자 바로 쓰러져 버리던데, 아직 방어 훈련도 안 한 거니?"

"아뇨, 방어 훈련을 안 한 건 아닌데…… 제때 사용하질 못했던 것뿐이에요."

"이게 보이니?"

그는 한쪽 눈 위의 흉터를 가리키며 말했다.

"이건 내가 너무나 느렸기 때문에 생긴 흉터야. 마약을 하면 제때제때 반응할 수가 없거든. 헤헤."

"무슨 일이 있었어요?"

"턱이 깨지고 여기저기 상처가 났지. 그 때문에 몇 주 동안이나 병원에 누워만 있었어. 독한 약도 먹고 말이야. 공짜 마약을 한 셈이지. 꽤 좋았어."

"누가 아저씨에게 그런 짓을 했어요?"

"어, 내가 돈을 빌렸는데 약속한 날짜에 갚지 않았기 때문에 그런 일이 생긴 거야. 솔직히 난 매우 자주 돈을 빌리거든."

나는 금방이라도 엄마가 돌아올까 봐 안절부절못했다. 엄마는 늘 내게 여기 사는 사람들과 말을 섞지 말라고 신신당부를 했다. 마치 마약 중독자들과 대화를 나누면 나도 마약 중독자가 되기라도 하는 듯이 말이다. 나는 게이르와 이야기를 나눈 지 얼마 되지 않았지만 이미 결론을 내렸다. 게이르는 나의 친구라고. 완전히 신뢰할 수는 없지만, 뭔가를 훔쳐 가지만 않는다면 가끔 우리 집에 놀러 와도 되는 그런 친구.

게이르는 어렸을 때의 이야기를 해 주었다. 그는 아주 평범한 소년이었고 주변 사람들은 그가 평생 나쁜 짓이라곤 못할 것 같다고 입을 모았었단다. 하지만 어느 날 갑자기 그의 삶은 생각지도 않았던 방향으로 흘러가기 시작했다. 시간이 흐르자 모두들 그에게만 책임을 덮어씌우려고 했다. 나쁜 친구들, 우연히 일어난 사고들, 경찰과 부모님들, 몸이 견뎌내지 못할 정도로 강한 마약과 생각 없이 행동하는 애인 등등.

"너도 알다시피……"

그는 잠시 생각에 빠져 있다가 말했다.

"내가 지금 이 꼴이 된 이유는 단 하나밖에 없어. 그건 바로 나 자신 때문이야. 뭐 하나 보여줄까?"

그는 바짓단을 쑥 걷어 올렸다. 뼈만 앙상하게 남은 다리는 온갖 흉측한 상처와 흉터로 빈틈을 찾을 수 없을 정도였다. 나는 얼른 고개를 돌렸다.

"네 기분을 상하게 하려고 보여준 건 아냐. 너한테 두려움을 주기 위해서였어. 이건 다른 누구도 아닌 바로 내가 한 짓이야. 자해를 한 셈이지.

넌 내가 미쳤다고 생각하겠지. 문제는 바로 그거야. 난 미치지 않았어. 아주 말짱해. 솔직히 난 꽤 정상적인 사람이라고."

그는 바짓단을 내렸다.

"이제 그런 일을 안 하시면 안 되나요?"

"물론, 그럴 수 있지, 바르트. 하지만 그건 너무나 어려워."

게이르는 참 좋은 사람이었지만 동시에 나를 절망에 빠뜨리는 사람이었다. 그는 삶에서 매번 좋은 일이 생길 때마다 곧 거대한 구름이 뒤따라 온다고 했다. 게이르와 일상적인 대화를 나누는 것은 그런대로 괜찮았다. 삶이 지옥처럼 느껴지는 일이나 통증을 몰고 오는 상처에 대한 이야기만 아니라면, 그와 대화를 하는 건 꽤 흥미롭고 재밌기까지 했다.

갑자기 게이르가 몸을 일으키더니 이젠 가봐야겠다고 말했다.

"아주 중요한 회의 같은 게 있어서 말야. 하지만 내일 품앗이에는 꼭 참석할게. 그것만은 약속할 수 있어."

"약속이 있으면 제 시간이 맞춰서 오시는 편인가요?"

"아냐. 하지만 내일은 시간에 딱 맞춰서 올게."

그가 돌아간 후 나는 진통제 두 알을 먹고 자리에 누웠다. 엄마는 일찍 돌아오겠다고 했지만 이미 시간은 훌쩍 흘러간 후였다.

어떤 아침 시간은 너무나 고요해 숨소리까지 들을 수 있을 정도다. 그럴 때면 마치 이 세상의 가장 중요한 소리가 사라져 버린 것 같은 느낌이 든다. 소파를 확인해 보았지만 누워서 코를 고는 엄마는 보이지 않았다. 소파는 텅 비어 있었다.

시계를 보니 7시 30분이었다. 엄마가 저녁에 나가 다음 날 아침에 온 적은 전에도 한두 번쯤 있었다. 그때마다 엄마는 다시는 이런 일이 없을 거라는 말을 되풀이했다.

자리에 누운 채 조심스레 코 주변을 만져 보았다. 얼굴이 녹아 버린 것 같은 느낌이었다.

사실은 자리에 누워 '아, 오늘은 내 생일이구나!'라는 생각을 해야 정상일 것이다. 공식적으로 틴에이저가 되는 날. 하지만 내 머리는 너무나 무거웠고 엄마에 대한 온갖 생각으로 가득 차 있을 뿐이었다. 아다, 게이르, 통증, 그리고 내게 주먹질을 한 아이들에 대한 생각도 뒤를 이었다.

10분이 흘러도 정적만 흐를 뿐 아무 일도 일어나지 않았다. 나는 자리에서 일어났다. 부엌 선반 위에는 케이크를 만드는 조리법이 적힌 종이 한 장만 덩그러니 놓여 있었다. 우리 집에는 케이크를 만드는 데 필요한 것들이 하나도 없다는 생각이 났다. 나는 오목한 접시에 시리얼을 쏟아 붓고 찬물을 채운 후, 조금 남아 있는 설탕을 섞어 배를 채웠다.

생일날 아침이 이렇게 시작된다면 저녁으로 갈수록 더 좋은 일만 일어날 수밖에 없다. 대부분의 생일날은 시간이 흐를수록 점점 더 분위기가 고조되기 마련이다. 생일날을 나쁜 기분으로 마무리하는 것보다는 훨씬 좋지 않은가.

할머니가 놓고 간 생일 선물이 어디 있는지는 잘 알고 있지만, 할머니가 없는 데서 열어 볼 수는 없다. 할 일을 찾을 수 없던 나는 노래를 부르기 시작했다. 자신의 노래를 평가하는 것은 참으로 어려운 일이다. 하지만 왠지 오늘은 다른 때보다 내 노래가 훨씬 아름답게 들렸다. 코와 목에 남아 있던 껄끄러운 것들이 코뼈를 부러뜨리는 순간 사라져 버린 건 아닐까?

있는 힘을 다해 노래를 부르다 보니 벽과 바닥을 쿵쿵 치는 소리가 들렸다. 내 눈으로 볼 수 없는 청중이 있다는 건 참으로 기분 좋은 일이다. 나는 마지막으로 나를 위한 생일 축하 노래를 목청껏 불렀다.

인터넷에 들어가 존 존스의 사진을 검색해 보았다. 전에는 보지 못했던 사진 한 장이 눈에 띄었다. 유니폼을 입은 남자가 허벅지에 팔꿈치를 댄 채 구부정하게 의자에 앉아 있는 모습. 어딘가 이상하다는 생각이 들어 사진을 확대해 보았다. 아니나 다를까, 그의 다리는 의족이었다. 쇳조각으로 만든 다리에 신발을 신고 있는 그의 모습을 보니 살짝 절망감이 드는 것도 같았다. 자세히 보니 그는 왠지 나와 닮은 것 같았다. 매부리코를 연상시키는 높은 콧잔등, 머리카락 색깔, 그리고 좁은 양미간.

만약 그 남자가 아빠라면? 그의 사진은 이라크 전쟁에서 신체의 일부를 잃어버린 사람들의 이야기를 모아 놓은 책의 일부분이었다. 책에는 그의 사진 외에도, 오른팔을 잃어버린 여인, 한쪽 눈을 잃어버린 남자, 온몸에 화상을 입은 군인의 사진도 볼 수 있었다. 홈페이지의 가장 아래쪽에는 그 책을 출간한 출판사의 이메일 주소가 적혀 있었다. 나는 이메일을 쓰기 시작했다.

친애하는 출판사 관계자님께.

제 이름은 바르트라고 하며, 노르웨이에 살고 있습니다. 노르웨이는 유럽 대륙의 북쪽에 있는 나라입니다.

제 아빠의 이름은 존 존스입니다. 우연히 귀사의 책을 보다가 저의 아빠라고 생각되는 분의 사진을 보았습니다. 아빠는 제가 세상에 태어나기 전에 자취를 감추었습니다. 아빠와 엄마는 아주 짧은 기간 연애를 했다고 들었습니다.

이 사진 속의 남자분께 제 이메일을 전해 주시면 감사하겠습니다. 덧붙여, 그분의 다리가 몇 개인가 하는 것은 제게 전혀 중요하지 않다고도 전해 주십시오. 그분은 제게 영웅이나 마찬가지입니다. 그분에게 연락이 닿을 수 있다면 더할 나위 없이 기쁠 것입니다.

감사합니다.

바르트 나룸

추신. 오늘은 제 생일입니다.

나는 인터넷의 영어사전을 참고해서 편지를 작성했다. 이메일을 보내는 것이 정말 좋은 생각인지 미처 확신을 하기도 전에 나는 '전송' 버튼을 누르고 말았다. 시도해 보지 않는다면 그 어떤 결과도 볼 수 없을 것이라는 생각을 했기 때문이다. 이제 이메일은 내 손을 떠났다.

학교에서는 생일이 되면 학급 전체 학생들을 초대하거나, 또는 같은 성별의 아이들을 모두 초대해야 한다고 했다. 나는 지금까지 꽤 많은 생일 파티에 초대를 받았다. 그 누구도 내게 오지 말라고 말한 적은 없다. 하지만 나는 엄마에게 생일 파티 초대장에 대해 한마디도 한 적이 없었다. 초대를 받았다고 하면 엄마는 당장 돈을 빌려서라도 선물을 사 줄 것이 틀림없으니 말이다. 솔직히 생일 파티의 주인공이 된다는 건 꽤 번거로운 일이기도 하다. 가까이 지내는 친구들이 없다면 굳이 초대할 필요도 없지 않을까. 나는 할머니가 주신 생일 선물을 열어 보고 싶은 마음밖에 없었다. 할머니는 선물에 대해 꽤 너그러운 편이다. 그런 면에서 보자면 할머니는 엄마보다 훨씬 낫다. 엄마는 생일 선물을 마련하지 못할 때가 더 많았으니까. 그럴 때면 엄마는 성탄절에는 아주 큰 선물을 해 주겠다는 말로 무마하곤 했다.

다시 시계를 보았다. 곧 오후 1시가 될 참이었다. 도대체 엄마는 어디에 있을까? 이렇게 오래도록 집을 비운 적은 없었는데…….

텔레비전을 켜고 멍하니 화면을 바라보았다. 가끔 시간을 확인하는 것도 잊지 않았다. 창밖으로 회색 하늘이 보였다. 신발을 신고 밖으로 나가 보았다. 엄마는 자주 가는 술집이 어딘지 내게 말해 준 적이 없다. 하지만 나는 엄마가 우리 집에서 두 블록 정도 떨어진 곳에 있는 '와일드 비어스'라는 술집에 자주 간다는 걸 알고 있다. 그곳에 가서야 그 집이 오후 4시가 되어야 문을 연다는 걸 알았다.

집에 돌아오니 텔레비전에서 사람들이 서로 주먹질을 하고 있었다. 옆집에서 귀가 떨어질 정도로 크게 틀어 놓은 음악 소리가 들려왔다. 소파에 앉아 더 기다려 보았다. 내 생일날이 곧 긍정적으로 바뀔 것이라는 기대감은 여전히 사라지지 않았다. 조금만 더 기다리면 좋아질 것이었다. 창밖에는 비가 내리기 시작했다.

텔레비전 화면에서 주먹질하는 사람들이 사라졌다. 현관문 밖에서는 누군가가 목청 높여 말싸움을 하는 소리가 들렸다. 비는 어느새 그쳤다.

오후 2시. 나는 진통제 두 알을 삼켰다.

누군가가 현관문을 두드렸다. 보안구멍으로 내다보니 할머니가 서 있었다. 마침내 좋은 기분이 나를 감싸기 시작했다.

"안녕하세요, 할머니!"

나는 소리 높여 인사한 후 현관문을 열었다.

할머니가 나를 껴안으며 생일 축하한다고 말해 줄 것이라고 기대했다. 하지만 할머니의 얼굴은 묘한 표정으로 가득했다. 어딘가 아픈 것 같기도 했다. 혹시 할머니에게 무슨 일이 생긴 건 아닐까?

"바르트, 일이 생겼어."

"어디 편찮으세요?"

"내 이야기가 아니라……."

나는 그제야 할머니가 누구 이야기를 하려는 것인지 눈치챌 수 있었다.

"아, 어떡해!"

"그렇게 심각한 일은 아니야."

할머니는 여전히 현관에 서 있었다. 분명 심각한 일이 틀림없었다.

"바르트, 엄마가 병원에 입원했어."

진작 엄마에게 무슨 일이 생겼다는 것을 알아챘어야 했는데……. 이런 상황에서는 절망에 빠져 앞뒤가 맞지 않는 말을 횡설수설해야 하지 않을까? 하지만 나는 아무 말도 하지 않았다. 그저 병원이 무엇인지도 모르는 아이처럼 할머니만 멍하니 바라보고 있었다.

"좀 들어가도 될까?"

그제야 내가 할머니의 앞을 가로막고 서 있다는 것을 깨닫고 얼른 옆으로 비켜 주었다.

"엄마는 어젯밤에 술집에 있었어. 내 생각엔 꽤 많이 마신 것 같아. 정신을 잃을 정도였으니까. 너도 알다시피 네 엄마는 당뇨병과 협심증으로 고생하고 있잖아. 아주 조심해야 되는데도 그렇게 술을 마셨으니……. 일단 병원에 입원했으니 곧 정확한 원인을 알 수 있을 거야.

"엄마한테 가봐야 하지 않을까요?"

"그래야지. 하지만 아직 깨어나질 못해서……."

"자고 있어요?"

"아냐…… 의식을 잃은 상태란다."

"의식을 잃었다고요? 그럼 옆에서 누군가 아무리 큰 소리로 떠들어도 모른다는 건가요?"

"응. 곧 깨어날 거야. 하지만 시간이 좀 걸려. 네 엄마는…… 그래…… 휴, 나도 모르겠구나."

할머니는 소파에 털썩 주저앉았다. 엄마가 밤마다 코를 골며 자던 그 소파였다. 나는 엄마가 베개를 놓아두는 자리에 엉덩이를 살짝 걸치고 앉았다. 할머니는 내게서 눈을 떼지 않았다. 할머니는 내가 감정이 있는 인간인지 확인해 보려는 것 같았다. 아니, 어쩌면 내가 금방이라도 이성을 잃고 날뛸 것 같아 감시를 하고 있는지도 몰랐다. 할머니는 내 어깨로 조심스레 손을 뻗었다.

"청소 품앗이를 취소하진 않을 거예요."

"정말 일을 할 수 있겠니?"

"네."

텔레비전에서 의식을 잃고 코마 상태에 있는 환자들에 대해 이야기하고 있었다. 그중에는 갑자기 깨어나 정신을 차리고 우는 사람도 있었다. 나는 그 프로그램이 너무 엉성하다고 생각했다.

"그건 그렇고, 너는 괜찮은 거니?"

할머니가 물었다.

순간, 내 코에 대해선 깜박 잊고 있었다는 걸 알았다.

"아, 네. 학교 애들과 주먹질을 하는 바람에……."

할머니는 상체를 굽혀 나를 안아 주었다.

"네 삶이 편치 않은 것 같아서 내가 다 미안하구나."

"부러진 코뼈는 다시 붙을 거예요."

"그렇겠지."

"의사가 시간이 지나면 다시 원 상태로 돌아올 거라고 그랬어요."

"듣던 중 반가운 소리구나."

무언가 긍정적인 말을 해도 왠지 바보 같다는 느낌을 지울 수가 없었다. 게다가 할머니와 너무나 가까이 앉아 있었기 때문에 할머니의 몸에 찌든 담배 냄새와 목에서 쉴 새 없이 그렁그렁하는 소리까지 들렸다. 이런 할머니들은 조만간, 언제라도 세상을 떠날 수 있지 않을까? 우리 할머니에게 그런 일이 일어날 것이라고 생각하니 견딜 수가 없었다.

"할머니……"

나는 할머니의 눈을 정면으로 바라보며 말했다.

"지금까지 엄마와 제가 했던 말을 전부 믿으셨어요?"

나는 할머니가 미소를 지어 보이려 안간힘을 쓰고 있다는 걸 알았다.

할머니의 미소는 얼굴을 찡그리는 듯한 기묘한 표정으로 나타났다.

"네 엄마는 최선을 다한 거야. 그건 확실해. 그리고 네가 더 나은 삶을 살 수 있기를 바라지. 하지만 난 네 엄마가 항상 진실만 말한다고 생각하진 않아."

"엄마는 텔레노르에서 일하지 않아요."

"나도 알고 있어."

"엄마는 거짓말을 한 거예요. 저도 마찬가지구요. 우린 할머니한테 어떤 거짓말을 해야 할지 미리 의논하곤 했어요."

"난 너희들이 거짓말을 하고 있다는 걸 눈치챘단다, 바르트."

"그래서 할머니가 가끔 알 수 없는 기묘한 표정을 지었던 거예요?"

"내가?"

"그런데 왜 진작 말씀해 주시지 않았어요?"

"그런다고 더 나아질 일은 없을 것 같아서."

"죄송해요…… 거짓말을 해서……."

할머니는 내 등을 쓰다듬어 주셨다. 할머니의 손길은 엄마와 손길과 너무도 달랐다. 문득 엄마의 크고 부드러운 손길이 그리워지기 시작했다.

"참, 오늘이 네 생일이라는 걸 깜박 잊었구나. 생일 축하해, 바르트."

할머니는 내 귀에 대고 나직이 말했다.

"고맙습니다."

우리는 한동안 말없이 앉아 있었다. 갑자기 할머니가 소리 없이 울기 시작했다. 나는 창밖을 내다보며 청소 품앗이를 어떻게 하면 좋을까 생각했다. 물론 이런 상황에서는 엄마 생각만 해야 순리에 맞을 것이다. 하지만 난 엄마 생각을 할 시간은 앞으로도 많이 있을 것이라고 믿었다.

"할머니, 품앗이를 할 때 모인 사람들을 지휘해 주실 수 있나요?"

할머니는 나를 감싸고 있던 손을 떼고 눈물을 닦았다.

"뭐? 품앗이를?"

"예, 경험 있는 사람이 필요해요. 그리고…… 정리정돈을 잘하는 사람……."

"그렇겠지. 품앗이를 하는 목적은 청소를 하는 것이니까. 그리고 정리정돈도 필요할 것 같구나."

"예, 물청소도 했으면 좋겠어요."

"좋은 생각이다. 그런데 우선 네 생일 선물부터 열어 봐야 하지 않겠니?"

"어디 있는지 알고 있어요. 가져올게요."

나는 산더미처럼 쌓여 있는 옷 뭉치들 속에서 선물 상자를 가져와 할머니에게 건네주었다. 할머니는 "생일 축하해!"라고 말하며 상자를 내게 다시 돌려주었다.

할머니는 돈이 많은 부자가 아니다. 만약 할머니에게 돈이 많았더라면 분명 엄마에게 조금 나누어 주었을 것이다. 나는 할머니한테 생일 선물을 받으리라고는 생각도 못했기에 기쁨이 더 컸다. 물론 할머니는 정당한 방법으로 선물을 구입했을 것이다.

"고맙습니다."

나는 조금 주저하며 말했다.

상자 겉면의 그림을 보니 내용물이 뭔지 확실하게 알 수 있었다. 그것은 터치 화면이 장착된 휴대폰이었다.

"통신비는 내가 낼게. 네가 휴대폰을 가지고 있으면 필요할 때 연락할 수 있으니까 좋을 것 같아서. 선물이 마음에 드니?"

"이건…… 이건, 마음에 드는 정도가 아니에요. 제가 받아 본 생일 선물 중에서 최고예요."

갑자기 감당할 수 없을 정도로 좋은 일만 생기는 것 같았다. 순간적으로 나한테도 내 방이 있다면 얼마나 좋을까 하는 마음이 들었다. 단 몇 분만이라도 혼자 앉아 생각을 정리할 수 있는 나만의 공간 말이다. 하지만 우리 집에는 혼자 있을 수 있는 공간이라곤 욕실밖에 없다. 욕실과 방은 같다고 할 수 없다.

이젠 내게도 휴대폰이 생겼다. 꽤 그럴듯한 휴대폰.

나는 할머니를 오래 안아 드렸다. 콧잔등이 시큼거리기 시작했지만 눈앞이 흐려지진 않았다. 울먹이는 소리도 나오지 않았다. 얼마나 오랫동안 그렇게 앉아 있었을까. 어쨌든 그것은 여느 할머니와 손자들이 하는 것보다는 훨씬 긴 포옹이 틀림없었다.

내 삶의 제 9 장

"휴…… 미안하다. 가능한 한 많은 사람들을 모아 오려고 했는데 마음처럼 잘 되지 않더구나. 일요일인데도 모두들 어쩜 그리 바쁜지 말이야. 정말 알 수가 없어. 어쩔 수 없지, 뭐. 어쨌든 쉬운 일은 아니었어."

게이르는 미안하다는 듯 눈을 껌벅이며 말했다. 나는 그에게 무슨 말이라도 해 줘야만 할 것 같았다.

"이건……"

무슨 말을 해야 할지 도무지 떠오르지 않았다.

"이건……"

"나도 알아. 미안해."

나는 모인 사람들을 하나하나 바라보았다. 마치 시력에 이상이라도 생긴 것처럼. 코를 부러뜨린 후에 모든 것이 이중으로 보이기 시작한 건 아닐까?

“아주…… 좋아요.”

“오, 정말 그렇게 생각하니?”

모인 사람은 열두 명이나 되었다. 함께 힘을 모아 아파트 청소를 하기 위해 온 사람이 열두 명이나 되었던 것이다. 내가 시작한 품앗이. 모인 사람들의 수를 세고 나자, 두 명이 허겁지겁 달려와 더 합류했다. 할머니와 나까지 합치면 모두 열 여섯 명이었다. 품앗이에 대해 잘 모르지만, 이 정도라면 꽤 많은 사람들이 모인 게 아닌가 싶었다.

“그리고…… 오늘이 네 생일이라서…… 우리가 함께 선물을 준비했어. 아니…… 사실은 내가 준비한 건데…… 우리 모두의 이름으로 너한테 주고 싶어.”

그는 신문지로 포장한 물건을 내게 건넸다.

“그럴듯한 포장지가 없어서 말이야.”

그가 말했다.

“얼른 펴 봐!”

신문지를 뜯어내자, 모인 사람들은 생일 축하 노래를 제각기 다른 음정으로 부르기 시작했다. 신문지 안에 들어 있었던 건 자전거 자물쇠였다. 열쇠도 함께 있었다.

“정말 고맙습니다. 무슨 말을 해야 할지 모르겠어요. 고맙습니다.”

나는 차마 내게 자전거가 없다는 말을 입 밖에 낼 수가 없었다.

“이런 곳에서 살면 자물쇠가 꼭 필요하다는 생각이 들어서 말이야.”

게이르가 말을 이었다.

"자기 물건이 아닌데도 꼭 손을 대 봐야 하는 사람들이 있거든."

"잘 쓸게요."

"응. 그리고…… 그건 저기 있어."

"뭐가요?"

"자물쇠만 가지고 어디다 쓰겠니?"

그와 함께 단지 내의 놀이터에 갔더니 자전거 한 대가 보였다. 거의 새 것 같았다.

"내가 직접 광을 내고 닦았어. 번호도 지우고 말야."

게이르가 나직이 귓속말을 했다.

"하지만 자물쇠는 가게에서 돈을 주고 산 거니까 걱정 마."

나는 그에게 고맙다는 표시로 악수를 건네야 할지, 포옹을 해야 할지 알 수가 없었다. 그래서 아무것도 하지 않았다. 누군가는 자전거를 잃어버렸을 것이고, 나는 자전거를 선물로 받았다. 문득 내가 자전거 자물쇠를 손이 아플 정도로 힘껏 쥐고 있다는 걸 깨달았다.

"넌 충분히 이런 걸 받을 자격이 있어. 이 아파트에는 지금까지 그 누구도 청소 품앗이를 하자고 제안한 적이 없었거든. 이제 일을 시작해 볼까? 할 일이 많으니까 말이야."

"어…… 예. 참, 이분은 제 할머니예요. 우리가 무슨 일을 해야 할지 가르쳐 주고 지휘해 주실 거예요."

나는 아파트 출입문 앞에서 자못 긴장된 표정으로 서 있는 할머니를 가리켰다.

할머니가 긴장을 풀고 일을 지휘하기까지는 그리 오래 걸리지 않았다.

어떤 이는 지하실로 보냈고, 어떤 이는 옥상으로 보냈다. 계단을 청소하는 데는 세 명이 동원되었다. 쓰레기를 수거하기 위해 컨테이너가 있어야 했지만, 우리에겐 컨테이너가 없어서 쓰레기를 모아 공용 휴지통 옆에 두었다. 월요일이 되면 나는 새 휴대폰으로 시청에 전화를 해서 쓰레기를 가져가라고 요청할 생각이다.

"세상에는 쓰레기 같은 사람들이 참 많아."

게이르는 온전하거나 깨진 주사기들을 주워 담은 양동이를 내게 보여주었다.

우리 아파트에 마약 중독자만 사는 건 아니다. 청소 품앗이에 참석한 사람들 중에는 소말리아에서 온 여자 한 명, 중동에서 온 소년 두 명, 거의 이십 년 동안 이곳에서 살고 있다는 할머니 또래의 남자도 있었다. 게이르는 우리 아파트에는 헤로인 중독을 치료하기 위해 또 다른 중독성 약을 복용하는 사람들도 꽤 있다고 했다.

일의 결과보다는 시도와 노력이 더 중요하다고 말하는 사람들도 많다. 어떤 남자는 우편함 옆에 무릎을 꿇고 앉아 닦았던 자리를 계속해서 닦았고, 몸에 꽉 끼는 청바지를 입은 여자는 이 '똥'들을 모두 어디에 모아 두어야 되냐고 수십 번을 물었다. 자신이 직접 무언가를 옮기지는 않으면서 말이다.

우리는 두 시간 이상 일을 했다. 어떤 사람은 지하실에서 페인트를 찾아와 색이 바랜 우편함에 덧칠을 하기도 했다. 그래도 여전히 이 도시에서 가장 깨끗하고 아름다운 아파트 단지라고 할 수는 없었다. 벌써 피곤하다며 집에 가고 싶은 기색을 보이는 사람들이 하나 둘 늘기 시작했다.

나는 모인 사람들 모두에게 한 사람씩 악수를 건네며 참석해 줘서 고맙다고 말한 다음 자전거를 끌고 동네를 한 바퀴 돌았다. 자전거 안장에 앉아 페달을 밟고 싶었지만 그럴 수는 없었다. 집으로 돌아오는 길, 나는 언젠가 꼭 자전거 타는 법을 배우겠다고 다짐했다.

틴에이저가 되면 세상을 보는 눈이 달라진다고 했던가? 청소 품앗이를 제안하고 일을 무사히 마친 후 참여한 사람들에게 악수를 건넨 내 모습을 되돌아보니, 갑자기 어른이 된 것 같았다. 하지만 자전거를 못 타는 어른은 없다.

나는 어른도 어린이도 아니라는 생각이 들었지만, 상관없었다.

집에 오니, 엄마가 만들었어야 할 초콜릿 케이크를 할머니가 만들어 놓고 있었다. 할머니의 케이크는 엄마의 케이크보다 훨씬 맛이 좋았다. 그도 그럴 것이 필요한 재료가 빠짐없이 모두 들어가 있었다. 일도 꽤 많이 한 데다 자전거를 끌고 산책까지 한 후라 배가 많이 고팠다. 마음 같아선 케이크를 모두 먹어치울 수도 있었지만, 저녁식사를 위해 뱃속에 빈자리를 조금 남겨 두었다.

"할머니, 며칠만이라도 여기서 저와 함께 지내시면 안 될까요?"

나는 케이크를 입속에 넣은 채 물었다.

"집에 혼자 있는 시간이 꽤 많아서 그래요."

"글쎄, 그 말도 생각해 볼 만하구나. 학교 끝나고 친구들과 어울려 놀면 어떻겠니?"

"제겐 친구가 없는걸요."

"친구가 없다고?"

"지금부터는 오직 진실만을 말씀드릴게요. 제 생활이 어떤지요."

"진실…… 그래…… 익숙지가 않구나. 그런데 우리 집엔 구드레이크가 있는데 어쩌지? 그 아이에게도 먹을 걸 줘야 되고……."

"엄마가 집에 없는 동안에는 앵무새를 여기 데려와도 되잖아요."

"글쎄…… 그래도 되긴 하는데……."

우리 집에서 며칠 지내는 것에 대해 할머니가 꽤 걱정을 한다는 건 금방 눈치챌 수 있었다. 할머니는 집 안을 둘러보았다. 산더미처럼 쌓여 있는 잡지책과 옷가지들. 그 속에 무엇이 들어 있는지조차 잊어버린 종이 박스들. 복도에서 누군가가 소리를 질렀다.

"이 아파트에 사는 사람들은 대부분 착하고 친절해요. 모르긴 몰라도 90퍼센트 이상은 그럴 거예요."

나는 말을 하자마자 곧 후회했다.

만약 아파트 주민의 10퍼센트가 나쁜 사람이라면, 결코 살기 좋은 곳이라 할 수 없다는 생각이 들었기 때문이다. 그건 사실 맞는 말이다. 언젠가 엄마와 내가 슈퍼마켓에서 장을 보고 와서 물건이 든 봉지를 현관문 앞에 단 2분 정도 놓아두었었는데 그 사이에 누군가가 그것을 가져가 버렸던 일도 있었다. 엄마가 복도에서 낯선 사람에게 위협을 받은 적도 있었다. 비어 있는 집을 사무실로 사용하는 사람들이 있다고 내가 신고를 했더니, 경찰들이 시도 때도 없이 아파트 주변을 순찰을 돌기도 했다.

"99퍼센트."

어쩔 수 없는 거짓말이었다.

"99.5퍼센트!"

"알았어, 바르트. 며칠 동안 여기서 지내도록 할게. 하지만 네 엄마의 입원 기간이 길어지면 네가 우리 집에서 지내는 것으로 하자. 어때? 괜찮겠니?"

"좋아요. 할머니는 제 침대에서 주무세요. 저는 소파에서 자면 돼요."

"고맙다."

저녁식사 후, 우리는 할머니 집으로 가서 앵무새 구드레이크를 데려왔다. 앵무새는 버스 안에서 '내 팬티는 어디 있지?'를 쉴 새 없이 반복했고, 승객들은 웃음을 터뜨렸다.

"도대체 저 말은 어디서 배웠는지 몰라."

할머니는 민망한 듯 발갛게 상기된 얼굴로 말했다.

그러자 앵무새는 다른 말을 하기 시작했다. '이 옷을 입으니 뚱뚱해 보여?'

그날 저녁을 어떤 말로 설명할 수 있을까. 물론 나는 엄마가 보고 싶었다. 지금처럼 딱히 할 일이 없을 때면 엄마 생각이 더 많이 났다. 내 머릿속에는 수천 가지의 질문들이 맴돌았다. 하지만 할머니는 내 질문에 답을 해 줄 수가 없다. 대부분의 질문은 답을 찾을 수가 없다. 이런 질문들이 떠오르면 짜증이 난다.

나는 의사에게 엄마의 병을 꼭 고쳐 달라고 할 것이다. 엄마에겐 건강은 물론 주변 일에도 신경을 쓰라고 할 것이다. 이런 내가 요구 사항이 많은 깐깐한 애로 보일까?

소파에 앉아 텔레비전을 보는 동안 구드레이크는 '저 드레스는 저 여자에게 어울리지 않아!'라고 반복해서 소리쳤다.

"생일날 치고는 좀 이상한 날이었지?"

할머니가 물었다.

"엄마 일만 아니라면 꽤……."

'좋았다'라는 말이 막 나오려는 찰나, 나는 입을 다물어 버렸다. 엄마가 병원에 입원한 날이 어떻게 좋을 수 있단 말인가?

"이상한 날이긴 했어요."

나는 겨우 말을 맺었다.

"다음번 생일은 더 나아질 거야."

할머니가 나를 위로해 주었다.

"오늘 난생처음으로 문자 메시지를 보냈어요."

"누구에게?"

"비밀이라곤 단 한마디도 지킬 수 없는 우리 반 어떤 여자애한테요."

나는 이제부터 할머니에게 진실만을 말하겠다고 하지 않았나.

나는 아다의 전화번호를 인터넷에서 찾아 문자 메시지 하나를 보내는데 엄청난 시간을 들여야 했다.

생일 선물로 휴대폰을 받았어. 이제부터는 네가 비밀을 발설할 때 미리 내게 문자를 보내 알려줬으면 좋겠어. 바르트.

"그 애를 좋아하니?"

"그 애가 사는 세상과 제가 사는 세상은 너무나 다른걸요. 서로 다른 두 개의 세상이 만나면 이상한 일도 많이 일어날 거예요."

"극과 극은 서로 끌리기 마련이지. 그건 너도 잘 알잖아."

"우린 그냥 친구일 뿐이에요. 아니…… 적어도 저는 우리가 친구라고 생각해 왔어요. 정말 그런지 아닌지는 앞으로 천천히 생각해 봐야겠어요."

"아주 로맨틱하구나, 바르트."

할머니들과 이야기를 하다 보면 단것을 너무 많이 먹었을 때처럼 속이 메슥거릴 때가 있다. 구드레이크는 다시 속옷을 찾고 있었다.

나는 욕실에 들어가 노래를 불렀다. 문 밖에 할머니가 계시긴 했지만 노랫소리는 아침과 마찬가지로 꽤 듣기 좋았다. 욕실에서 나오니 할머니는 박수를 친 후 나를 힘껏 껴안아 주었다. 덕분에 코에 다시 통증이 느껴졌다.

"네 목소리는 타고난 것 같구나. 정말 환상적이야."

"고맙습니다."

"네가 너무나 자랑스럽다."

"고맙습니다."

"넌 너무나……"

"이젠 됐어요, 할머니."

휴대폰에서 침을 꿀꺽 삼키는 듯한 소리가 났다. 아다에게서 문자 메시지가 왔다.

ㅈㅇ. ㅎㅇㅎ 는?#_)

나는 ㅎㅇㅎ가 웃음소리를 의미하는 것이 아니라 학예회라고 짐작했다. 오늘은 학예회에 대해 생각해 본 적이 없다. 아우구스트와 그 일행이 주말에 있었던 일을 학교에 퍼뜨리면 어떻게 대처할지에 대해서도 생각해 보지 않았다.

일이 생겼어.

나는 아다에게 메시지를 보냈다.

무슨 일?

몇 초 후에 답장이 왔다.

곁에 있던 할머니가 마치 내 생각을 읽기라도 한 듯 물었다.

"내일은 학교에 가지 않고 집에 있을 거니?"

겁쟁이처럼 보일 거라는 생각이 없진 않았지만, 나는 조심스레 고개를 끄덕였다.

"그럼 나랑 같이 엄마 병문안을 가 보자."

일을 미루는 것은 도움이 되지 않는다. 하지만 난 학교에서 벗어나 좀 쉬고 싶었다. 가능하다면 몇 년 정도 푹 쉬고 싶었다.

"네, 좋아요."

다음 순간, 그럴 듯한 생각이 떠올랐다. 예상치도 않았을 때 떠오르는 좋은 생각 말이다. 나는 아다에게 보낼 문자 메시지를 작성했다.

나중에 이야기해 줄게. 학예회에선 노래를 할 생각이야. :-)

"내일 복싱 연습이 있어요."

"코가 그 모양인데 연습하러 갈 수 있겠니?"

"내일 아주 중요한 연습이 있어서요."

좋은 생각을 해낸 후의 단점은 그 생각에 얽매어 밤잠을 설친다는 것이다. 할머니의 코 고는 소리는 엄마의 코 고는 소리와 많이 달라서 적응이 되지 않았다. 게다가 소파에는 엄마가 만들어 놓은 움푹한 공간이 있어서 편히 누울 수가 없었다.

다행히 구드레이크는 밤새 조용했다. 할머니가 새장 위에 담요를 덮어 놓았기 때문이다.

할머니가 깨우는 바람에 겨우 잠을 깨긴 했지만 피곤하기 그지없었다. 탁자 위에는 이미 아침이 차려져 있었다. 구드레이크가 소리쳤다. '오늘은 네 인생에서 가장 좋은 날이야.'

할머니는 병원에 전화를 했다. 엄마는 의식이 깨어났지만 여전히 몸을 움직일 수 없을 정도로 쇠약한 상태라고 했다.

"꽃을 사 갈까요?"

"응."

"음…… 꽃을 살 돈이 있다면요……."

"물론이지."

할머니는 아직 은퇴하고 집에서 쉴 정도로 나이가 많진 않다. 할머니는 꽤 젊었을 때 엄마를 낳았고, 그 당시만 해도 할아버지와 함께 살고 있었다. 나는 할아버지를 한 번도 본 적이 없다. 들리는 말에 따르면 할아버지는 스웨덴으로 이사를 갔다고 한다. 스웨덴은 노르웨이보다 술값이 싸기 때문이라고 했다. 할머니는 여기저기가 자주 아프고 조금만 움직여도 쉽게 피로해지는 체질이라 일을 하지 않고 연금으로 생활하고 있었다. 할머니는 젊었을 때 꽤 오랫동안 '나르베센(Narvesen, 노르웨이에서 가장 많이 볼 수 있는 편의점)'이라는 키오스크(kiosk, 간이 판매대 혹은 소형 매점)에서 담배를 피우며 암을 팔았다고 한다. 그러니까 할머니의 표현에 따르면 그렇다는 말이다.

나는 전에도 병원에 입원한 엄마를 보러 간 적이 있었다. 하지만 엄마가 의식을 잃고 코마 상태에 있었던 적은 단 한 번도 없었다. 주름진 와이셔츠와 양복 바지를 입고 전철에 앉아 있으려니 기분이 이상했다.

엄마가 누워 있는 병실에 들어서자 소독약 냄새가 코를 찔렀다. 엄마는 자고 있는 것 같았다. 코 고는 소리도 들리지 않아서 나는 순간적으로 엄마가 죽은 게 아닌가 의심했다. 하지만 엄마에게 손을 대어 보니 온기가 느껴져 안심했다. 할머니는 꽃을 꽂을 꽃병을 찾으러 병실 밖으로 나갔다. 곧 돌아온 할머니가 금속성 꽃병을 바닥에 떨어뜨려도 엄마는 깨지 않았다.

"가서 의사를 만나 보자."

할머니가 말했다.

비좁게 느껴지는 진료실에 앉아 있던 의사는 한동안 내가 이해하지 못하는 말들을 쏟아냈다. 그렇다고 내가 그의 말을 전혀 알아듣지 못한 건 아니다. 예를 들어, 엄마는 앞으로 평생 건강에 유의해서 자신의 몸을 잘 돌봐야 한다는 말 정도는 충분히 알아들을 수 있었다. 의사는 엄마가 기름진 음식을 줄이고 살을 빼야 하며, 걷기 운동을 하는 등 몸을 많이 움직여야 한다고도 했다. 또 약을 제시간에 맞춰 먹는 것도 잊지 말아야 한다고 했다. 그중에서도 가장 중요한 것은 알코올 섭취를 절제해야 한다는 것이었다.

"술을 적게 마셔야 한다는 말씀이죠?"

"그렇다기보다는…… 아예 술을 입에 안 대는 게 좋을 것 같구나. 다시 술을 마시게 되면 이런 일이 되풀이될 수 있으니까. 아주 위험한 일이지."

"위험하다구요?"

"죽을 수도 있다는 말이야."

의사는 할머니를 쳐다보며 말했다.

"손자가 할머니 집에서 지냅니까?"

"아닙니다. 지금은 제가 손자 집에서 지내고 있습니다. 당분간 그럴 생각이에요."

"평소에는 어떻습니까? 할머니가 손자를 돌보고 계십니까?"

"아닙니다. 이 아이는 엄마와 함께 살고 있어요."

"그렇군요."

의사는 종이 위에 무언가를 적었다. 의사는 내게 질문을 해도 좋다고 했지만, 갑자기 질문을 하려고 하니 머리가 텅 비어 버린 것 같았다. 적어도 내가 생각하고 있는 질문들은 의사가 답해 줄 수 없는 것들이었다.

병실로 돌아온 우리는 엄마의 침대 옆에 앉았다. 할머니는 왠지 안절부절못하는 것 같았다.

"엄마는 지금 자고 있을 뿐이에요."

나는 엄마가 여전히 의식불명 상태에 있을지도 모른다고 생각하며 조심스레 말했다.

"나도 알아. 난 그보다…… 의사가 너를 아동보호소에 보낼 생각을 하고 있는 게 아닌가 싶어서……."

"의사가요?"

"응."

아동보호소에서는 이전에도 몇 번 우리 집에 감시관을 보낸 적이 있었다. 엄마는 그들을 좋아하지 않았다. 나는 그들이 집에 오면 평소와는 달리 미소를 활짝 띠고 행복한 것처럼 보이려고 무진 애를 썼다. 마지막으로 그들이 우리 집에 온 것은 1년 전이었다.

집으로 돌아가는 길에 아다에게서 문자 메시지를 받았다.

ㅁ ㅎㄴ? 집?

짐작건대 뭐 하느냐고, 지금 집에 있느냐고 묻는 것 같았다.

아파.

나는 생각 끝에 한마디를 더 적어 넣었다.

엄마가 아파.

내 삶의 제 10 장

복싱 체육관에 도착한 나는 가장 먼저 코치를 찾았다. 그는 내 코를 여러 다른 각도에서 찬찬히 살펴보았다.

"무슨 일이야?"

"상대방을 때리기 시작했어요."

"명중시켰니?"

나는 고개를 저었다.

"함께 연습하는 아이들 몇 명과 함께 저희 학교 학예회에서 복싱 쇼를 해도 될까요?"

"복싱 쇼라니?"

"일종의 시범 경기죠. 복싱을 선전하는 데도 큰 효과가 있을 거라고 생각해요."

"글쎄…… 복싱 종목은 선전을 안 해도 될 것 같은데……."

"하지만 저를 위해선 꼭 필요해요. 학예회에서 복싱 시범 경기를 할 수 없다면 저는 무대에서 노래를 불러야 하거든요. 저는 노래를 할 수 없어요…… 더구나 학예회에선……."

코치는 생각에 잠겼다. 확신을 할 수 없는 것일까.

"친구들이 시범 경기를 하는 동안, 저는 무하마드 알리가 남긴 명언을 읽으려고 해요. 복싱이 얼마나 귀족적인 스포츠인가를 알리고 싶어서 그래요. 복싱의 역사도 소개하구요."

"좋은 생각 같긴 하구나."

"학교 아이들에게 제가 복싱을 한다는 걸 알려주고 싶어요. 복싱을 하는 애들이 제 친구라는 것을 알면 학교에서 저를 괴롭히는 아이들도 없어질 것 같아요."

코치는 생각에 잠긴 얼굴로 나를 가만히 바라보았다.

"네 코와 관계된 일이니?"

"그럴 수도 있어요."

"좋아. 아이들에게 한번 물어보도록 하자."

선뜻 내 제안에 응하는 아이들은 없었다. 무하마드 알리와 복싱의 역사에 대해 그리 관심이 없는 것 같았다. 그래서 사실대로 말할 수밖에 없었다. 이건 나를 위한 일이라고. 그러자 크리스티안이 벌떡 일어서며 말했다.

"좋아. 내가 할게. 아무도 바르트를 만만하게 보지 않도록 말야."

우리 학교 학예회에서 시범 경기를 하겠다는 아이는 두 명밖에 없었다. 크리스티안과 로베르트. 하지만 두 명 만으로 충분했다.

"좋아!"

나는 기분 좋게 소리쳤다.

그날은 코 때문에 복싱 연습은 하지 않았다. 그럼에도 나는 곧장 집으로 돌아오지 않고 그곳에 남아서 아이들이 연습하는 모습을 지켜보았다. 언젠가 스포츠 종목에서 두각을 나타내려면 적어도 1만 시간 이상은 연습을 해야 한다는 내용을 읽은 적이 있다. 생각해 보니 나는 지금까지 약 40시간 정도 연습을 한 것 같다. 이제야 겨우 상대를 때리기 위해 주먹을 내미는 단계에 온 것이다. 그렇다면 국내 챔피언 경기에 참가하기 위해선 앞으로도 9,960시간이나 더 연습을 해야 한다는 말이다. 불행 중 다행이라면 나는 이미 코뼈도 부러뜨려 보았고, 멍도 들어 봤으며 귀에서 이상한 소리가 나는 이명현상도 경험해 보았다는 것이다.

그런 생각을 하니 갑자기 9,960시간을 다른 데 써 보고 싶은 생각이 들었다. 물론 노래 연습을 9,960시간 동안 한다고 해서 내가 멋진 무대 의상을 입고 오페라 공연을 할 수 있다고 장담할 수는 없다. 그렇다면 1만 시간을 투자하지 않고서도 잘 할 수 있는 다른 일을 찾아보는 건 어떨까. 예를 들어 우편배달 같은 일?

집으로 돌아오는 길에 나는 노래를 불렀다. 소리 없이 입만 뻥긋거리며 부르는 노래였다. 누가 그런 나를 봤다면 분명 정신 나간 사람이라 생각했을 것이다. 다행히도 길에서 마주친 사람은 없었다. 엠피쓰리의 볼륨을 높이니 귓전에서 바람이 부는 것만 같았다. 나는 육교 위에 서서 시가지를 내려다보며 길고 긴 음을 뽑아냈다.

피곤해졌다. 목청껏 노래를 부르지도 않았고, 복싱 연습도 하지 않았지만 온몸이 축축 늘어질 정도로 피곤했다. 나는 텔레비전 앞에 앉아 희귀병에 시달리는 사람들에 대한 다큐멘터리를 보았다. 그러자 내 삶이 아무리 절망적이라 해도 세상 어딘가엔 틀림없이 나보다 더 절망적인 삶을 사는 사람들이 있을 것이라는 생각이 들었다. 세상 그 누구도 불행하고 절망적인 삶을 살기를 원하지 않겠지만, 어떤 면에서는 그런 생각을 하는 것도 나쁘진 않았다.

"꼭 저런 프로를 봐야겠니?"

할머니가 물었다.

"오늘 저녁만큼은 봐야겠어요."

학교 교문은 지옥으로 향하는 문이나 다름없었다. 한 발짝만 더 내밀면 뿔과 꼬리가 달린 추악한 괴물이 나를 용암과 오줌이 섞인 곳으로 던져 넣을 것만 같았다. 아무리 생각해도 오늘은 기분 좋은 일이 일어날 것 같지 않았다. 하지만 내게 다가오는 아다를 보는 순간 미소를 짓지 않을 수 없었다.

"다시 학교에 나오는 걸 보니 기쁘다."

아다가 걸음을 멈추고 말했다.

"그런데 무슨 일이 있었어?"

아다가 내 코를 만지며 물었다.

"실수로…… 아니, 실수로 넘어진 게 아니라 아우구스트가 주먹으로 쳤어."

"아니, 걔가 왜 그랬대?"

"내가 어떻게 사는지 보려고 가브리엘이랑 요니랑 우리 집 앞까지 왔더라고. 우리 엄마가 소문처럼 정말 그렇게 뚱뚱한지 확인해 보려고 했나 봐."

"뭐? 그게 정말이야?"

아다가 믿을 수 없다는 듯 큰 소리로 외쳤다.

"아우구스트가 우리 엄마에 대해 버릇없는 말을 하길래 내가 먼저 주먹을 날렸는데 맞지 않았어. 거꾸로 아우구스트가 주먹으로 내 코를 정면으로 때렸지."

아다는 화가 난 듯 숨을 몰아쉬며 할 말을 찾는 듯했다. 가늘게 뜬 두 눈이 살짝 떨리기 시작했다. 슬프기도 하고, 화가 나기도 하고, 당황하기도 한 것 같은 모습이었다.

"음……."

그녀는 말을 잇지 못했다.

"그래, 황당한 일이었어."

"내가 할 수 있는 일은 없을까? 이건 어떻게 보면 내 잘못이기도 하잖아."

그건 아주 좋은 질문이었다. 아다의 말에도 일리가 없진 않았다. 아무도 아다를 괴롭히려 하지 않는다. 아다의 손을 잡을 수만 있다면, 아다의 뺨에 살짝 입을 맞출 수만 있다면, 학교에서 내 위상도 달라질 텐데. 하지만 나는 결코 그런 부탁을 할 수 없었다. 그렇다고 내게 아무 생각이 없는 건 아니었다. 순간적으로 떠오른 그 생각은 어떻게 보면 악의로 가득 찬 것 같았다. 하지만 곰곰이 생각할수록 그다지 나쁜 생각은 아니라는 확신이 들었다. 심지어는 상당히 합리적이라는 느낌마저 들었다.

물론 계획대로 되기만 한다면 말이다.

"소문 하나를 퍼뜨려 줄 수 있겠니?"

"물론이지. 그것쯤이야."

"우리 엄마가 병원에 입원했다는 소문을 퍼뜨려 줬으면 좋겠어."

"그냥 그렇게만 말하면 돼? 이유는 말하지 않고?"

나는 잠시 생각에 잠겼다.

"아우구스트가 우리 엄마를 밀어서 계단에서 굴러 떨어졌다고 해 줘."

"뭐? 그게 정말이야?"

"소문이 항상 진실이어야 한다는 법은 없으니까. 그래, 우리 엄마는 지금 병원에 입원해 있어. 하지만 그건 아우구스트가 떠밀었기 때문은 아냐. 엄마는 지금 다른 것 때문에 병원에 계셔. 어쨌든 난 아우구스트가 내 코를 부러뜨렸다고 자랑하며 소문을 낼 거라고 봐. 하지만 걔가 우리 엄마를 계단에서 밀어뜨렸다는 소문이 동시에 퍼지면 결코 의기양양하게 잘난 체를 할 수는 없을 거야."

아다는 미소를 지었다.

"넌 다른 아이들과는 참 많이 달라, 바르트. 난 네가……"

"사악하다고 생각하니?"

"아냐. 단지 네가 다른 아이들과 다르다고 생각할 뿐이야."

"다르다는 건 긍정적인 거니?"

"사악하다는 것과는 비교도 할 수 없을 정도로 좋은 말이지."

아다는 바로 소문을 퍼뜨렸고, 나는 학교 운동장에 혼자 앉아 있었다. 내 앞을 지나가는 아이들은 모두들 한 번씩 내 코를 쳐다보았다. 마치 박물관에 전시된 물건이 된 것 같은 기분이지만 나는 개의치 않았다. 시간이 지나면 아이들은 커다란 반창고를 얼굴 정중앙에 붙이고 다니는 내 모습에 익숙해질 것이다. 지금 내 얼굴은 일급 속보에 해당하는 것 같았다.

수업 시작을 알리는 종이 울렸다. 나는 천천히 교실 안으로 들어갔다. 담임 선생님은 교실에 들어서자마자 내 얼굴을 바라보았다. 선생님의 질문을 예상하는 건 어렵지 않았다. 무슨 일이냐? 누가 네게 주먹질을 했니?

천장에 달린 전등의 먼지를 털다가 의자에서 떨어졌다는 내 말을 믿는 아이는 아무도 없었다.

"수업을 할 수 있겠니? 엄마가 병원에 입원했다고 할머니가 전화하셨던데……."

나는 아이들의 반응을 살폈다. 그들에겐 아우구스트가 우리 엄마를 밀어서 계단에서 떨어뜨렸다는 소문을 증명하는 말이기도 했으니까.

"괜찮아요. 엄마한테는 수업을 마친 후에 가 봐도 돼요."

"하지만…… 학예회 때 노래를 부를 수는 있겠지?"

"예, 문제없어요."

선생님은 안도의 한숨을 쉬었다.

"좋아, 아주 좋아. 좋아. 맘에 들어. 그건 그렇고, 엄마가 얼른 쾌차하셨으면 좋겠구나. 병원에 가면 인사 말씀 전해 주렴. 우리 모두가 염려하고 있다고."

"예, 그렇게 할게요."

그날 쉬는 시간은 여느 때의 쉬는 시간과 많이 달랐다. 여자애 두 명이 내게 다가와 괜찮냐고 물었다. 나는 괜찮다고 말해야 할지, 그렇지 않다고 말해야 할지 망설이지 않을 수 없었다. 결국 나는 체질적으로 통증을 많이 느끼는 편이 아니라고 말했다.

아우구스트를 본 순간, 죄책감이 나를 휘감았다. 아침만 하더라도 그는 내 코뼈를 부러뜨릴 정도로 강력한 펀치를 날렸다는 것 때문에 관심의 대상이었다. 하지만 지금 그는 두 손을 바지주머니에 찔러 넣고 멍한 눈빛으로 운동장을 거닐고 있었다. 한 번 퍼진 소문을 되돌린다는 건 결코 쉽지 않은 일이다.

어쩌면 그는 곧 교장실로 불려갈 거라고 생각하고 겁에 질려 있는지도 몰랐다. 어쩌면 경찰차가 학교 운동장으로 들어올 거라고 생각하는지도 몰랐다. 사실이 아닌 소문을 퍼뜨린 사람이 나라는 걸 눈치챘을까? 그는 멀리서 나를 향해 몇 번 눈길을 보내긴 했지만, 내게 다가오진 않았다.

"효과가 있는 것 같아."

아다의 목소리였다. 아다가 내 등 뒤에 와 있었다.

"고마워."

"이 정도쯤이야. 너한테 진 빚도 있으니까……."

나는 아다에게 학예회 계획에 대해 말해 주었다. 아다가 비밀을 지킬 수 있을지는 확신할 수 없었지만, 어떤 반응을 보이는지는 확인해 보고 싶었다.

"좋은 생각 같아."

"정말?"

아다는 잠시 생각을 하더니 주저하는 듯 살짝 미소를 지어 보이며 말했다.

"솔직히 말하면…… 난 네가 노래를 했으면 좋겠어."

수업이 끝난 후 할머니와 함께 병원에 갔다. 엄마는 침대에 앉아 빵을 먹고 있었다.

"오, 바르트! 내 사랑하는 아들!"

엄마는 입에 든 음식을 채 넘기지도 못한 채 나를 향해 두 팔을 쭉 뻗으며 소리쳤다.

엄마는 양팔을 그리 높이 올리지도 못했다. 나는 엄마의 품에 안긴 채 한동안 그렇게 있었다. 엄마는 내게 익숙한 손짓으로 등을 쓰다듬어 주었다.

"여기 빵이 좀 남았는데, 먹을래?"

"아니, 괜찮아."

엄마는 오늘 하루 학교생활은 어땠는지, 숙제는 끝냈는지, 또 집에 가면 뭘 할 계획인지, 보고 싶은 텔레비전 프로그램이 있는지 등을 물었다. 엄마는 원래 그런 것들을 자주 묻지 않는 편이다. 시간이 좀 지나자 병실 안에 정적이 흘렀다. 병실은 하얗고 깨끗했다. 엄마는 잠옷 같은 옷을 입고 있었는데, 엄마에게 전혀 어울리지 않았다. 할머니가 화장실에 가자

다시 고요해졌다. 살짝 열린 창틈으로 들어온 햇살이 병실의 반쪽을 환히 밝히고 있었다. 날씨에 대해 무슨 말이라도 하려고 입을 벌리는 찰나, 엄마가 말문을 열었다.

"바르트……."

나는 엄마가 뭔가 심각한 말을 할 것이라고 짐작했다. 앞으로는 달라질 거라는 이야기가 틀림없었다. 지키지 못할 약속들…….

"오늘은 날씨가 참 좋아."

나는 재빨리 말을 가로챘다.

"어, 그래…… 그렇구나. 그런데 바르트……."

"요즘은 하루하루 갈수록 눈에 띄게 더워지는 것 같아."

"내 말을 좀 들어 봐, 바르트."

"참, 나 자전거 생겼어."

"자전거가 생겼다고?"

"응, 내가 청소 품앗이를 제안했기 때문에 아파트 주민들이 선물해 준 거야. 지금부터 자전거 타는 법을 배울 생각이야."

나는 일요일에 있었던 청소 품앗이에 대해 이야기해 주었다. 몇 명이 모였는지도 이야기했고, 할머니가 사람들을 지휘해 일을 잘 마칠 수 있었다는 이야기도 했다. 엄마는 미소를 지었다.

"이제부터 우리는 지금까지와는 다르게 살아야 할 것 같다."

엄마가 말했다.

"난 이번 일로 굉장히 겁이 났단다. 이제 곧 수술을 받을 거야. 왜냐하면…… 음…… 아무튼 확실히 수술을 받을 거야. 다시 건강해질 수 있도록. 살도 많이 빠질 거야."

나는 창밖을 바라보았다. 나무 위에 새 한 마리가 앉아 있었다. 참새인지 개똥지빠귀인지 분간하기가 힘들었다.

"이제 술도 마시지 않을 거야, 바르트."

나는 시선을 돌려 엄마의 커다란 얼굴을 정면으로 바라보았다.

"정말 술을 완전히 끊을 거야?"

엄마는 이제까지 정말로 많은 걸 약속했다. 하지만 술을 끊겠다는 약속은 단 한 번도 하지 않았다. 엄마는 저녁에 술집에 가기 위해 온갖 이유를 만들어 내곤 했다. 다음 날 떠올려 보면 정말 말도 안 되는, 바보 같은 허접한 이유들이긴 했지만 말이다.

"응, 완전히 끊을 거야. 다시는 술을 마시지 않을 생각이야."

그 말에 나는 엄마가 우유와 주스 외에 뭔가를 '마신다'라고 말한 적이 없었다는 걸 알았다. '술'이라는 단어를 입 밖에 낸 적도 없었다.

"바르트, 난 가끔 지키지도 못할 약속을 하곤 했지만, 너한테는 엄마가…… 건강하게 살아 있는 엄마가 필요하다고 생각해."

"맞아. 그런 엄마가 세상에서 최고로 좋은 엄마야."

엄마는 흐느끼기 시작했다. 양 볼에 눈물이 주르륵 흘러내렸다. 나는 휴지를 찾다가 결국 이불자락으로 엄마의 눈물을 닦아 주었다.

"너한테는 더 좋은 엄마가 필요해, 바르트."

"난 지금 엄마도 아주 좋은걸."

"고맙다, 바르트. 이젠 정말 노력할게. 더 좋은 엄마가 될 수 있도록."

"나무 위에 새 한 마리가 앉아 있네."

나는 손가락으로 창밖을 가리켰다.

“약속할게.”

“새가 날아가 버렸어.”

집으로 돌아온 나는 소파에 앉아 지키지 못할 약속을 하는 건 얼마나 바보 같은 짓인가를 생각했다. 텔레비전에서 견딜 수 없는 추위를 이겨내기 위해 바지에 오줌을 싼 사람에 대해 이야기하고 있었다. 나는 엄마를 떠올렸다. 엄마가 바지에 오줌을 쌌기 때문이 아니라, 그동안 지키지 못할 약속을 너무나 많이 했기 때문이었다. 정말 이번에는 엄마가 약속을 지킬 수 있을까? 나는 일단 엄마를 믿어 보기로 했다. 죽을 걸 확실히 알면서도 술을 마시는 바보 같은 사람은 없을 테니까. 특히, 우리 엄마처럼 현명하고 마음이 넓은 사람이라면.

만약 이번에도 엄마가 약속을 지키지 않는다면 나는 집을 나가 버릴 것이다. 어디로 갈지는 모르지만, 어쨌든 일단 집을 나갈 것이다. 그것만은 장담할 수 있다.

“무슨 생각을 하고 있니?”

할머니가 물었다.

나는 몸을 일으키고 할머니를 빤히 바라보다가 노래를 하기 시작했다. 뱃속 깊숙한 곳에서부터 소리를 뽑아냈다. 방 안이 내 목소리로 채워지기 시작했다. 그러나 목소리는 곧 거칠어졌고, 음정이 심하게 흔들리기 시작했다. 괴로웠다.

구드레이크가 소리를 질렀다.

"아, 죽겠어. 죽을 것 같아!"

나는 욕실로 가는 대신 밖으로 뛰쳐나갔다. 등 뒤에서 나를 부르는 할머니의 목소리가 들렸다. 계단에서 만난 게이르는 뭔가를 만지작거리고 있다가 나를 보는 순간 허겁지겁 감췄다.

"안녕!"

그 순간, 그의 손에서 뭔가가 떨어져 계단 위로 뒹굴었다. 주사기 하나가 계단 아래쪽으로 굴러 떨어졌다. 주삿바늘은 비닐봉지 안에 들어 있었다. 그는 나를 쳐다보더니 그것을 얼른 주머니 속에 집어넣었다. 그의 다른 손에는 티스푼 한 개와 라이터가 쥐어져 있었다.

"집 열쇠를 찾고 있는 중이야. 보다시피…… 절망적으로……."

나는 그의 옆에 앉았다.

"절망적이긴 저도 마찬가지예요."

"데스페라도, 오, 당신의 젊음이 영원하진 않아요."

그가 노래를 부르기 시작했다.

"당신의 고통과 배고픔이 당신을 고향으로 인도할 거예요. 자유, 오, 자유라고 했나요? 그건 그냥 몇몇 사람들이 하는 말일 뿐이지요. 당신이 거쳐 가는 이 세상이 바로 감옥이랍니다."

그의 목소리가 매력적이라고는 할 수 없었다. 하지만 그의 노래는 계단에 메아리를 만들어 내며 꽤 그럴듯한 분위기를 자아냈다.

"난 이글스(Eagles, 70년대 활동하던 미국 록 밴드) 팬이야."

"전 이글스에 대해서 잘 몰라요. 노래를 몇 번밖에 못 들어봤거든요."

"앨범을 들으면 더 좋아. 그건 그렇고, 자전거는 타 봤니?"

"오늘 저녁에 자전거를 끌고 산책을 해 볼까 생각 중이에요."

"자전거를 끌고……?"

"저는 자전거를 못 타거든요."

"오, 젠장! 그렇다면 자전거 타는 법부터 배워야겠구나."

"예, 그래야죠."

"너한테는 아빠가 필요하겠다."

솔직히 엄마나 할머니가 자전거 뒤쪽 짐받이에 한 손을 얹고 종종걸음을 치며 나를 도와줄 것 같진 않았다.

"아빠도 인터넷에서 주문할 수 있을까요?"

게이르는 썩은 이를 내보이며 미소를 지었다.

"글쎄, 하지만 좋은 물건이 나타나면 내 것도 하나 장만할 겸 같이 주문할게."

"우리 아빠는 이라크 전쟁에 참전했다가 부상을 당한 것 같아요."

"오, 세상에! 그게 정말이니?"

"양쪽 다리를 모두 잃었어요."

"흠…… 참 안됐구나."

게이르는 자기가 아는 사람 중에도 두 다리를 모두 잃은 사람이 있다고 했다. 그건 전쟁 때문은 아니었다. 상처가 감염되어 다리를 잘라 낼 수밖에 없었다고 했다. 우리는 그렇게 대화를 이어나갔다. 이런저런 이야기를 나누다가도 누군가 우리 곁을 지나가면 누가 먼저랄 것도 없이 둘 다 입을 다물었다. 좋은 경찰이 될 수 있는 조건, 가게에서 들키지 않고 물건을 훔칠 수 있는 방법, 그리고 좋은 음악은 어떤 것인가에 대해서도 이야기를 나누었다. 그렇다, 우리는 주제를 가리지 않고 많은 이야기를 했다.

게이르는 '모든 소문은 진실이다All rumours are true'라고 적힌 낡은 티셔츠를 입고 있었다. 그는 차분하게 앉아 있질 못하고 허벅지와 목을 쉴 새 없이 긁었다.

"인생을 잘 살 수 있는 법이 뭔지 아니?"

갑자기 그가 물었다.

"글쎄요, 모르겠는데요."

"나도 몰라."

내 삶의 제 11 장

다음 날 아침, 미국에서 이메일이 왔다. 메일이 온 걸 보는 순간 시간이 나면 대답을 해 주겠다는 자동메일이 아닌가 싶었다. 메일을 열기 전에 잠시 망설였다. 혹시라도 이것이 내가 기다리던 메일이라면…….

나는 조심스럽게 마우스를 클릭했다.

친애하는 바르트 씨에게.

존 존스 씨에게 연락을 해 본 결과, 그는 노르웨이에 가 본 적이 없다고 했으며 따라서 노르웨이에 아들이 있을 확률도 없다는 말을 들었습니다. 존 존스라는 이름은 미국에서 매우 흔한 이름입니다.

아버지를 찾는 일에 행운이 따르기를 기원합니다.

편집장 조슈아 애덤스

추신. 생일 축하합니다!

그렇다면 이 세상 어딘가에 있을 우리 아빠의 두 다리는 멀쩡하다는 말이다. 아빠가 평생 의족에 의지하지 않고 살아도 된다고 생각하니 왠지 기분이 좋아졌다. 나는 구글에서 존 존스라는 이름을 다시 검색해 보았다. 1500년대에 살았던 성인 존 존스에 대해 읽은 다음, 현재 노르웨이에 살고 있는 존 존스라는 사람의 주소를 찾아냈다. 그는 내가 사는 곳에서 그리 멀지 않은 곳에 살고 있었다. 만약 그가 잃어버린 아들을 찾기 위해 다시 노르웨이로 이사를 온 우리 아빠라면? 나는 그의 이름과 주소를 이용해 인터넷에서 전화번호까지 알아냈다.

나도 잘 알고 있다. 희망을 갖는 것은 바보 같은 짓이라는 걸. 그럼에도 나는 포기할 수가 없었다. 게이르가 마약을 끊고 싶어 하지만 가끔은 기분이 좋아지기 위해 약간의 헤로인이 필요한 것처럼. 언젠가 텔레비전에서 무언가에 중독이 잘 되는 사람도 있고, 그렇지 않은 사람도 있다는 말을 들은 적이 있다. 음주, 마약, 도박. 또는 아빠를 찾는 일. 물론 텔레비전에서는 아빠를 찾는 일에 대해선 언급하지 않았다. 하지만 난 그것도 중독 가능한 일 목록에 포함되어야 한다고 생각한다.

일 년 365일 동안 하루에 한 번씩 존 존스를 찾는다고 가정해 보자. 그렇다면 앞으로 십 년 동안 3,650명의 존 존스를 접할 수 있을 것이다. 내가 33살이 되면 존 존스는 7,300명으로 늘어날 것이다. 나는 이 세상에 몇 명의 존 존스가 살고 있는지 모른다. 하지만 구글에서 검색하면 엄청난 수의 존 존스를 찾을 수 있다. 엄마는 오슬로에서 아빠를 만났다고 했다. 그렇다면 노르웨이를 방문한 적이 있는 존 존스를 검색해 본다면 일은 훨씬 쉬워질 것이다. 경찰들이 범죄자들의 몽타주를 그리듯, 나도 엄마에게 아빠의 얼굴을 생각나는 대로 그려 달라고 부탁해서 그것을 페이스북에 올리면 되지 않을까?

나는 욕실에 들어가서 떨리는 손으로 전화번호를 눌렀다. 심장 뛰는 소리가 빨라지기 시작했다. 신호음이 몇 번이나 울렸을까. 미국식 억양이 느껴지는 노르웨이어로 지금은 전화를 받을 수 없다고 말하는 남자의 녹음 목소리가 들려왔다. 왠지 귀에 익은 목소리 같았다. 어른이 된 내 목소리 같다는 생각도 들었다.

나는 학교 수업을 마친 후 다시 존 존스에게 전화를 걸어 보기로 마음먹었다.

"오늘 도시락엔 특별한 게 들어 있단다."

할머니가 내 머리를 쓰다듬으며 말했다.

"고맙습니다, 할머니."

현관문을 나선 나는 복도에 서서 살짝 도시락을 열어 보았다. 빵 두 개와 바나나 한 개, 잼을 바른 비스킷이 세 개나 들어 있었다. 나는 발길을 돌려 집으로 가 할머니를 안아 드리고 싶었다. 하지만 9분 30초 후면 수업 시작종이 울릴 거라서 학교를 향해 발길을 재촉할 수밖에 없었다.

차라리 처음부터 포기를 하는 게 나았을지도 모른다. 여자애들을 이해한다는 것은 불가능한 일이다. 나이가 들어 어른이 된 후에도 쉬워질 것 같지는 않다. 교문 앞에서 아다와 마주쳤다. 아다는 마치 나를 기다리고 있었다는 듯 대뜸 내게 말했다.

"왜 진작 말하지 않았어?"

"뭘……?"

"콘서트에 갈 거라는 말!"

"콘서트?"

"응, 그 사람이 오늘 저녁 우리 동네에서 노래를 할 거잖아."

나는 정말로 무슨 말인지 이해할 수가 없어서 멍한 표정으로 아다를 바라보기만 했다.

"그 사람 노래를 내게 들려준 건 바로 너잖아. 기억나니? 브린 타펠인가 뭔가 하는 오페라 가수 말야."

"어…… 브린 테르펠?"

"난 그 사람이 어느 호텔에 묵고 있는지도 알고 있어."

아다는 의기양양한 미소를 띠며 말했다.

"호텔?"

나는 아다가 무슨 말을 하고 있는 건지 이해하려고 애썼다. 난 바보가 아니다. 단지 조금 녹슨 뇌를 가지고 있을 뿐이다. 브린 테르펠이 오늘 저녁 콘서트를 하다니. 그것도 내가 사는 바로 이 도시에서. 아다는 내가 모르는 것들을 많이 알고 있는 것 같았다. 하지만 그가 묵고 있는 호텔까지 말한 이유는 뭘까?

"팬이라고 해도 그가 묵고 있는 호텔까지 찾아가는 사람은 별로 없을 거야. 넌 어떻게 생각하니?"

"그런데 넌 그가 묵고 있는 호텔이 어딘지 어떻게 알아냈니?"

"우리 아빠가 그 호텔 체인의 이사야."

"아, 그렇구나."

"오늘 수업은 빠지는 게 어때?"

나는 아다를 쳐다보았다. 그 순간, 아다는 아마도 내가 세상에서 가장 멍한 눈빛을 한 사람이라고 생각했을 것이다. 나는 잠시 생각해 봤지만 어떤 대답을 해야 할지 알 수가 없었다. 아다는 대답을 듣기도 전에 내 손을 잡아끌더니 마구 달리기 시작했다. 내 머릿속에는 여자애들을 이해하기란 불가능한 일이라는 생각이 다시 살아나기 시작했다. 이제부터는 이해하려고 노력할 필요도 없을 것 같았다.

"네 가방은 어디 있니?"

나는 숨을 고르기 위해 천천히 걸으며 아다에게 물었다.

"집에 있어."

"그럼 넌 처음부터 이 모든 걸 계획하고 왔단 말야?"

"아무도 네가 어디 있는지 묻진 않을 거야. 모두들 너희 엄마가 병원에 입원해 있는 걸 알고 있으니까."

"너는?"

아다는 어깨를 으쓱 추켜 보였다.

"그냥 무작정 그 사람을 찾아갈 거야?"

아다가 대답 대신 고개를 끄덕였다.

"만나서 뭐라고 할 건데?"

"네가 청중들 앞에서 두려워하지 않고 노래를 잘 할 수 있도록 조언을 해 달라고 부탁할 생각이야."

"하지만 그분처럼 세계적인 오페라 가수는 그런 걸 잘 모를 텐데……."

"누가 알아? 그 사람도 옛날에는 너처럼 청중들 앞에 서는 걸 두려워했을지도 모르잖아."

아다는 편의점에 들러 아이스크림 두 개를 샀다. 나는 아다보다 훨씬 빨리 아이스크림을 먹었다. 아다는 아이스크림을 먹는 둥 마는 둥 계속 재잘재잘댔다. 호텔의 유리벽 앞까지 온 우리는 각자 아이스크림 막대를 입에 물고 걸음을 멈췄다.

"벤치에 앉아서 그 사람이 나올 때까지 기다릴까?"

"304호"

"뭐……?"

"그 사람은 304호에 묵고 있어. 어쩌면 지금 방에 있을지도 몰라."

"하지만……."

갑자기 뱃속이 간질간질해지기 시작했다. 사람들 앞에서 노래를 부를 때면 느끼곤 했던 그 느낌과 그리 다르지 않았다. 그가 무작정 찾아온 노르웨이의 십대 철부지를 만나 줄 것 같지가 않았다. 만약 그가 욕실에서서 100데시벨에 가까운 목청으로 노래를 한다면 어떻게 될까?

아다는 내 팔을 잡아끌었고 나는 거부하지 않았다. 우리는 호텔을 자주 찾는 손님처럼 태연하게 로비를 지나쳐 계단을 오르기 시작했다. 3층에 도착한 우리는 곧 304라고 적힌 금속성 문패를 찾을 수 있었다. 나는 그가 외출 중이기를 바랐다. 하지만 동시에 나도 모르고 있던 내 꿈을 이룰 수 있도록 그를 직접 만나 보고 싶은 마음도 없지 않았다. 그와 대화를 나눌 수 있다는 생각만 해도 폐암에 걸릴 것 같았고, 무릎에 힘이 빠져 금방이라도 쓰러질 것 같았다.

"난 영어로 말을 할 수 없을 것 같아."

나는 주저하며 말했다.

"넌 할 수 있어. 수업 시간에 네가 영어로 말하는 것을 들어봐서 알아."

"아니, 내 말은…… 지금 말야. 지금은 아무 말도 못 할 것 같아."

아다가 웃음을 터뜨렸다.

"너도 알다시피 난 쉴 새 없이 종알거리는 데는 아주 소질이 많아. 내가 네 말을 통역해 줄게."

다음 순간, 아다는 상상치도 못한 행동을 했다. 내 뺨에 입을 맞추었던 것이다. 그렇게 하면 도움이 될 거라고 생각한 걸까? 브린 테르펠의 호텔 방 앞에서 아다가 내 뺨에 입을 맞추다니! 이런 일을 겪고도 내 두 다리가 균형을 잃지 않는다면 그게 오히려 더 이상한 일일 것이다.

"괜찮아?"

아다가 걱정스러운 듯 물었다.

"응, 괜찮아."

나는 손으로 벽을 짚었다.

아다가 방문을 두드렸다. 세 번의 노크 소리. 나는 마른 침을 꿀꺽 삼켰다. 아다가 다시 방문을 두드렸다. 두 번의 노크 소리. 나는 방에서 무슨 소리가 나는지 귀를 기울여 보았지만 아무 소리도 들을 수 없었다. 순간, 방문이 확 열렸다.

방문을 가로막고 선 남자는 내가 지금까지 봤던 그 어떤 사람보다 몸집이 훨씬 컸다. 그렇다고 그가 이 세상에서 가장 키가 크고 가장 뚱뚱한 사람이라는 말은 아니다. 하지만 그의 등 뒤에 있는 유리창에 비친 내 모습은 헐크 앞에 서 있는 어린애처럼 보일 정도였다.

"무슨 일이지?"

"당신이 브린 타펠인가요?"

아다는 그의 이름이 마치 연회장 테이블에 놓인 나이프나 포크라도 되는 듯 서슴없이 입에 올렸다. 그것도 정확하지 않은 발음으로. 나는 아다의 다리를 살짝 차 주고 싶은 충동을 느꼈다.

"그런데?"

"얘는 제 친구 바르트라고 해요."

아다는 나를 가리키며 말했다.

나는 여전히 벽에 몸을 의지한 채 그를 바라보았다. 고개를 끄덕여 보려고 했지만 내 목은 깁스라도 한 듯 뻣뻣하게 굳어 있었다.

"타펠 씨, 얘는 당신과 마찬가지로 오페라에 큰 재능이 있어요."

"그렇군."

그는 고개를 돌려 나를 똑바로 바라보았다.

그의 억양은 영화에서도 잘 들어보지 못한 낯선 것이었다. 나는 그가 웨일즈 출신이며 농부의 아들이라는 것을 알고 있었다. 그는 어릴 때부터 성악을 공부했으며, 지인의 가족에게 웨일즈 전통 음악을 배우기도 했다. 성인이 된 후에는 런던에서 정식으로 성악을 전공했고, 현재는 세계에서 가장 유명한 베이스 바리톤 오페라 가수로 활약하고 있다. 그런 세계적 스타가 나를 바라보고 있는 것이다. 이러니 내 혀가 이중으로 꼬일 수밖에!

"이 아이의 목소리는 제가 들어보았던 그 어떤 가수들보다 훨씬 좋아요."

아다는 계속 말을 이었다.

"이 친구의 문제점은 사람들 앞에선 노래를 할 수 없다는 거예요."

"긴장감 때문에?"

그가 나를 바라보며 물었다.

"이 친구도 영어를 할 수 있으니까 직접 대답할 수 있을 거예요."

나는 뻣뻣한 목을 억지로 움직여 고개를 끄덕였다.

"일단 들어와 봐."

잠시 후, 우리는 브린 테르펠의 방 안으로 들어갔다. 나는 그 순간 두려워해야 할지, 행복해 해야 할지 감을 잡을 수가 없었다. 어쩌면 둘 다인 것인지도 모른다. 호텔 방은 우리 집의 두 배나 될 정도로 컸다. 그는 옷가방을 두 개 가져온 것 같았다. 그중 하나는 열린 채로 침대 위에 놓여 있었다. 방 안에는 어른 남자의 냄새가 났다. 그는 작은 냉장고 문을 열고 음료수 두 병을 꺼내 우리에게 뭘 마시고 싶은지 물었다.

"콜라가 좋겠어요."

아다가 말했다.

브린 테르펠이 내게로 눈을 돌렸다. 내 머릿속을 떠도는 것이라곤 그간 수백 번은 족히 들었을 그의 목소리밖에 없었다. 그 목소리가 바로 지금 내 눈앞에서 라이브로 흘러나오고 있는 것이다.

"이 친구도 콜라를 마실 거예요."

결국 아다가 내 대신 대답했다.

나는 그동안 아다의 단점이라고 생각했던 것들에 대해 다시 생각해 봐야겠다는 마음이 들었다. 어쨌든 지금 나에게 더할 나위 없는 도움을 주고 있는 중이니까. 수다스럽게만 여겨졌던 아다의 입은 내 입과 달리 적재적소에서 움직이고 있었다.

"바르트, 노래를 한번 들어보고 싶은데, 지금 노래를 부를 수 있겠니?"

브린 테르펠이 물었다.

"아니요……."

나는 쉰 목소리로 대답했다.

나는 목을 가다듬기 위해 헛기침을 했다.

"그럴 줄 알았다. 그런데 코는 어쩌다 그렇게 됐니?"

"저는 복싱 선수예요."

"복싱 선수가 되고 싶은 거니, 오페라 가수가 되고 싶은 거니?"

"저는 노래를 부르고 싶어요."

"알다시피 성악을 하는 사람이라면 살다가 한번쯤은 의구심을 가지기 마련이야. 어떤 사람들은 다른 사람들보다 그 의구심이 훨씬 크고 강하지. 바르트에게 보여줄 게 있다."

브린 테르펠은 창문을 조금 열고 내게 가까이 오라고 손짓을 했다. 나는 뻣뻣한 다리를 움직여 그에게 다가갔다. 그가 내 어깨를 팔로 감쌌다.

"저기 아래쪽에 사람들이 보이지?"

거리에는 꽤 많은 사람들이 바쁘게 움직이고 있었다.

"네."

"잘 봐."

소리는 그의 뱃속에서부터 폭발하듯 쏟아져 나왔다. 그것은 너무나 청아하고 아름다운 폭발음이었다. 입에 확성기를 달고 있는 건 아닐까 하는 생각이 들 정도였다. 거리를 지나던 사람들은 저마다 걸음을 멈추고 소리 나는 쪽을 향해 고개를 치켜들었다. 우리를 발견한 사람들은 미소를 지었다. 브린 테르펠의 노랫소리는 옆 건물 벽에 부딪쳐 메아리를 만들어 냈다. 나는 그의 얼굴과 둥그렇게 변하는 입 모양을 주의해서 지켜보았다. 이 세상에서, 아니 이 우주에서 가장 아름다운 소리가 그 입을 통해 흘러나오고 있었다. 약 1분쯤 노래를 부르다 멈추자, 발길을 멈췄던 사람들도 다시 움직이기 시작했다. 모두들 미소를 머금고 있었다. 마치 무언가 특별하고 아름다운 일을 경험한 사람들처럼.

"보다시피 난 나 자신을 바보처럼 만들었다. 스스로 광대를 자처한 셈이지."

브린 테르펠이 말했다.

"아니에요. 그건 아니에요."

내가 소리쳤다.

"정신이 똑바로 박힌 사람이라면 누가 호텔 방 창을 열고 노래를 하겠니? 저 사람들은 아마 내가 미쳤다고 생각할 거야."

"하지만 저 사람들은 미소를 지었잖아요."

"바르트, 창을 열고 지나가는 사람을 향해 노래를 하는 건 우스운 일이야. 하지만 노래를 한다는 건 그 자체가 좀 우스운 거 아닐까? 노래를 한다고 세계 평화가 오는 건 아니잖아. 너나 나처럼 노래를 부르기 위해서는 살짝 정신줄을 놓는 것도 도움이 될 수 있어. 다른 사람들이 보기엔 제정신이 아니라고 느낄 정도로 말이야. 그렇게 생각하면 너도 할 수 있어. 자, 이제 대답해 봐, 바르트, 이제는 남들 앞에서 노래를 부를 수 있을 것 같니?"

"글쎄요…… 잘 모르겠어요."

"이건 일종의 테스트야. 어디에서든 창을 활짝 열어 놓고 마음껏 노래를 해 봐. 그렇게 할 수 있다면 무대에서도 노래를 할 수 있을 거야."

창밖을 바라보았다. 할머니 앞에서조차도 제대로 노래를 할 수 없는 내가 창을 활짝 열고 낯선 사람들을 향해 노래를 부를 수 있을까? 생각할 수도 없는 일이다. 브린 테르펠은 미소를 지으며 커다란 손으로 내 머리를 쓰다듬어 주었다.

"오늘 두 사람을 만나서 즐거웠다. 이제 나는 오늘 저녁에 있을 공연 준비를 해야겠다. 내 공연에 올 거니?"

나는 도움을 청하기 위해 아다를 흘낏 바라보았다. 뭔가 그럴듯한 말을 해야 할 텐데, 내 머릿속에 떠오르는 것은 오직 진실뿐이었다. 거짓말을 지어 낼 여력이 없었다.

"어…… 사실은 오늘 저녁에 공연을 하시는 줄 몰랐어요."

"그럼 공연장에 와서 안내원에게 '바르트'라고 이름을 말해 줄래? 그러면 공연 티켓 두 장을 받을 수 있을 거야. 어때?"

"오…… 어……"

나는 혀끝에 뱅뱅 도는 말을 뱉어내 보려 안간힘을 썼다.

"고맙습니다, 미스터 타펠."

아다가 끼어들었다.

"무척 기대돼요."

"예, 고맙습니다. 정말 고맙습니다."

나는 겨우 이 한마디만 할 수 있었다.

브린 테르펠은 팔을 쑥 내밀어 내 손을 잡고 아래위로 힘차게 흔들었다. 잠시 후, 우리는 각자 콜라 한 병씩을 들고 복도에 서 있었다. 아다가 내 팔을 잡았다. 얼굴이 환하게 빛나고 있었다.

"저 사람, 너무 멋있지 않니?"

"응, 그래…… 참 멋있는 사람 같아."

"오늘 우린 '오페라'로 갈 거야!"

"응, 그런 것 같아."

아다가 너무나 큰 소리로 재잘거려서 나는 얼른 브린 테르펠의 방문 앞에 서 있는 아다를 잡아끌었다. 갑자기 꿈에서 깨어난 듯한 느낌이 들었다. 조금 있으면 내가 브린 테르펠을 만난 것은 꿈이라는 것을 알게 되고, 그의 콘서트에 가는 것도 처음부터 없었던 일이라는 걸 알게 될 것 같았다. 하지만 모든 게 꿈이었다는 걸 확인하기 위해 내 팔을 꼬집어 볼 필요도 없었다. 이미 내 손에는 그의 커다란 손이 남긴 땀방울이 묻어 있었으니까.

아다는 엘리베이터 안에서 미소를 지으며 물었다.

"나한테 뭐 할 말 없어?"

"무슨……? 아! 고마워!"

"천만에 말씀!"

아다는 집으로 가는 내내 종알거렸다. 나는 그 말들에 도무지 집중할 수가 없었다. 내 머릿속에는 온통 브린 테르펠에 대한 생각밖에 없었다. 그의 몸짓과 거리를 꽉 채웠던 그의 환상적인 목소리.

나는 발을 멈췄다. 학교에서 있었던 일을 이야기하고 있던 아다는 몇 발짝 더 나아가다가 멈추고 나를 돌아보았다. 나는 심호흡을 하고 뱃속에 공기를 가득 채운 다음 눈을 감았다. 목을 타고 올라온 소리를 길게 뱉어 보았다. 아주 오랫동안 지속되는 긴 음이었다. 순간, 허공을 가로지르던 그 소리는 날카로운 수술칼에 찢기는 듯 마구 갈라지기 시작했다.

눈을 떴다. 아다가 다가왔다.

"설마 처음 시도하는 일을 단 한 번 만에 해낼 수 있을 거라고 생각하는 건 아니겠지? 어쨌든 시작은 좋았어."

"할 수 있을 거야."

나는 걷기 시작했다.

"긍정적인 태도는 좋아. 긍정적으로 살면 수명도 길어진대."

"이건 긍정적인 것과 달라. 난 하고 말 거야."

부모님 몰래 결석을 하는 날이면 일찍 집에 오지 않도록 조심해야 한다. 나는 단 한 번도 카페에 가 본 적이 없다. 엄마는 카페에 가는 사람들은 자신을 드러내 보이고 허세를 부리기 위해서라고 말했다. 하지만 막상 카페에 가니, 사람들은 모두들 자기 앞에 놓인 커피나 신문, 또는 함께 온 이들과 대화를 나누는 데에만 관심이 있었다. 허세와는 전혀 관계가 없어 보였다.

"지금은 수학 시간이야."

아다가 말했다.

"적어도 숙제는 해야겠지?"

나는 가방을 내려다보며 말했다.

그때 휴대폰이 울렸다. 화면에 뜬 전화번호는 전혀 모르는 낯선 것이었다.

"여보세요?"

"누구세요?"

전화기 저편의 목소리는 미국식 억양으로 말하고 있었다.

"아, 저는…… 바르트라고 합니다. 전화 거신 분은 누구신가요?"

"제 이름은 존 존스입니다. 누가 이 번호로 제게 전화를 걸었더군요."

나는 마른침을 꿀꺽 삼켰다. 마치 모래를 한 줌 삼키는 것 같았다. 허둥지둥 생각을 가다듬고 대답을 했다.

"아, 예. 안녕하세요. 저는 그냥…… 존스 씨가 아들을 찾고 계시는 건 아닐까 해서 전화를 드렸어요."

"무슨 말씀인지……."

"우리 아빠 성함이 존 존스거든요."

상대방은 잠시 침묵을 지켰다. 나는 곧 전화를 끊는 소리가 들릴 거라고 예상했지만 그렇지 않았다.

"여보세요?"

나는 다시 말을 해 보았다.

"예, 말씀하세요."

그가 말했다.

아다가 내 손을 잡았다. 내 속이 그렇게 쉽게 들여다보인 걸까?

"귀찮게 해 드릴 마음은 전혀 없었어요……."

"글쎄, 잘 모르겠는데."

"잘 모르시겠다구요?"

"그래, 잘 모르겠어."

"제 엄마 이름은 린다입니다."

"바르트라고 했나? 직접 한번 만나 보고 싶은데."

갑자기 또 하나의 약속이 더 생겨 버렸다. 나는 내일 존 존스와 만나기로 했다. 그는 자기가 우리 아빠인지 아닌지는 확실하게 말할 수 없지만, 그 가능성이 아주 없지도 않다고 말했다.

"저는 얼굴 정중앙에 큰 반창고를 붙이고 있으니까 찾긴 쉬울 거예요."

"알았다. 기억할게."

전화를 끊고 나서 나는 모든 걸 아다에게 설명해 줘야 했다.

"그러니까 그 사람이 너의 아빠일 수도 있다는 말이니?"

"그런 생각은 가능한 한 하지 않으려고. 만약 그 사람이 아빠가 아니라는 걸 알게 되면 실망도 커질 테니까."

"넌 참, 알면 알수록 흥미로운 애야."

"요점은 그게 아니라……."

"나한테는 흥미로운 데가 하나도 없어."

"남의 관심을 끌기 위해 꼭 흥미로운 데가 있어야 한다는 법은 없어. 그리고 내가 연쇄살인범의 사진을 수집한다는 건 거짓말이었어."

아다와 대화를 하다 보면 이야기가 어떤 방향으로 흘러갈지 감을 잡을 수가 없다. 우리의 대화는 마치 커다란 보아뱀처럼 한순간 천천히, 그리고 부드럽게 움직이다가 다음 순간이 되면 상대방을 갑작스럽게 공격하곤 한다. 아다를 이해했다고 느끼는 순간, 다시 내가 이해할 수 없는 말을 내뱉곤 할 때가 너무나 자주 있었으니까. 아다가 한 말은 사실이 아니다. 아다는 매 순간 흥미로움과 놀라움으로 상대의 관심을 독차지한다. 아다가 가진 매력은 나와는 완전히 다른 것이다.

오늘 나는 난생처음 결석이라는 것을 해 보았다. 앞으로도 아다와 함께 있다 보면 결석을 할 일이 몇 번은 더 생길 것 같다는 생각이 들었다.

“오늘 학교는 어땠니?”

집에 오자 할머니가 물었다.

“잘 모르겠어요. 사실은 오늘 학교에 가는 대신 브린 테르펠이라는 오페라 가수를 만났어요. 그는 창문을 활짝 열고 노래를 불렀어요. 오늘 저녁엔 그 사람의 공연을 보러 가기로 했어요.”

“지금 무슨 말을 하는 거니?”

“가도 돼요?”

할머니는 무척 당황하신 것 같았다.

“어, 그래…… 그래도 될 거야. 그런데 누구와 같이 갈 거니?”

“우리 반 아다라는 여자애와 같이 갈 거예요.”

“재밌겠구나.”

할머니와 난 엄마 병문안을 했다. 나는 할머니에게 공연에 대한 얘기와 호텔에 갔었다는 말은 절대 하지 말라고 신신당부를 했다. 엄마는 내일 수술을 받을 예정인데 전혀 걱정할 필요는 없다고 했다. 우리와 얘기를 하는 동안에도 엄마는 몇 번이나 꾸벅꾸벅 졸았다. 나는 내가 가져간 초콜릿에 손도 대지 않는 엄마를 보고 놀라지 않을 수 없었다.

병실을 나서며 이 세상의 모든 엄마들 중에서 엄마가 최고라고 한 말을 엄마가 알아들었는지 알 수가 없었다. 물론 나는 엄마가 이 세상 최고의 엄마가 아니라는 걸 잘 알고 있다. 하지만 나는 엄마가 이런 말을 한 번쯤은 들어봐야 한다고 생각했다. 나한테 엄마는 한 사람밖에 없다. 그러니 그 엄마가 가끔이나마 세상에서 가장 좋은 엄마가 될 자격이 있다고 생각한다.

"오늘은 식당에서 외식할까?"

할머니가 병원을 나서며 물었다.

"맥도날드에서요?"

"아냐, 진짜 음식점 말야. 인도 음식점은 어때?"

"인도 음식은 한 번도 먹어 본 적이 없어요."

"그럼 오늘은 인도 음식을 먹어 보는 것도 좋겠구나."

맥도날드나 버거킹에 가면 무엇을 먹어야 할지 고민할 필요가 없다. 여러 종류의 햄버거가 있긴 하지만 맛은 대부분 비슷하다. 난 샐러드나 치킨 너깃을 먹지 않는다. 인도 음식점에 들어가니 메뉴를 적어 놓은 종이들이 잡지 한 권만큼 두꺼웠고, 대부분의 음식 이름은 발음하기조차 어려웠다. 무르그 마살라, 베굼 바라, 두안 고쉿. 나는 할머니가 권하는 탄두리 치킨을 주문했다. 우리는 '난'이라는 피자처럼 커다란 빵과, 쌀밥과, 작은 프라이팬에 담겨 있는 닭고기 요리를 먹었다. 지금까지 먹어 본 음식과는 너무나 달랐다. 매콤하기도 했고, 이상하기도 했지만 너무나 맛이 좋았다.

"이런 음식을 사 먹을 수 있는 돈이 있어요?"

내가 할머니에게 물었다.

이런 질문이 어울린다고 생각하진 않았지만, 혹시라도 할머니가 무리를 할까 봐 걱정이 됐다.

"가끔은 이럴 때도 있어야지. 그리고 며칠 바지쪼가리나 대충 걸치고 절약하면 돼."

할머니는 평소 치마를 입는다. 나는 할머니가 말하는 옷이 어떤 옷인지 알 수가 없었다.

오후 6시 30분. 나는 '오페라' 앞에서 아다와 만났다. 아다는 마치 학예회 무대에라도 서는 듯 예쁘게 치장을 하고 나왔다.

"내 정장은 지금 세탁소에 있어서……."

아다가 내 거짓말에 웃음을 터뜨렸다.

매표소에 간 나는 직원에게 말했다.

"안녕하세요, 제 이름은 바르트입니다."

"그렇군요."

"예…… 저……"

"브린 타펠씨가 바르트 앞으로 티켓 두 장을 특별히 마련해 주셨어요."

아다가 끼어들었다.

"테르펠! 타펠이 아니라 테르펠이에요. 오페라 공연을 보러 올 정도라면 성악가의 이름쯤은 제대로 발음할 수 있어야 하지 않겠어요? 아, 여기 있군요."

그녀는 우리에게 봉투 하나를 내밀었다. 그 속에는 티켓 두 장이 들어 있었다.

"이런!"

나는 매표소 직원을 쳐다보며 말했다.

"뭔가 오해가 있었나 봐요. 우리가 오케스트라 단원인 줄 알고."

아다가 웃음을 터뜨렸다.

"오케스트라라고 적혀 있는 건, 우리 자리가 무대 아래쪽의 오케스트라 옆에 있다는 뜻이야. 가장 좋은 자리지."

"그런 것쯤은 나도 알고 있었어. 그런데 넌 여기 자주 오니?"

"해마다 성탄절 즈음에 '호두까기인형' 공연을 보러 와."

가끔은 내가 '아비뇽의 늑대 소년'이라는 느낌이 들 때가 있다. 태어나자마자 야생의 늑대들과 함께 사는 바람에 인간 세상에 대해선 전혀 모르던 소년. 너무나 현실과 동떨어진 생활을 했기 때문에 세상 사람들이 다 알고 있는 것조차 생소하게 느꼈던 소년. 장점이라면, 그 소년은 늑대들과도 함께 살 수 있다는 것이다. 그건 보통사람들이라면 생각도 못할 일이다.

우리는 공연장 안으로 들어가 앞에서 네 번째 줄에 나란히 앉았다. 대부분의 청중들은 할머니와 비슷한 나이 또래였지만, 간혹 젊은 사람들도 눈에 띄었다. 여자들은 거의 모두 치마를 입고 있었다.

공연은 단 몇 분 만에 끝나 버린 것 같았다. 공연이 끝났을 때 그런 느낌이 들었다. 브린 테르펠이 무대 위에서 내 귀를 청소해 줄 만큼 맑고 아름다운 소리, 내 뱃속에서 지진이 일어날 만큼 크고 강렬한 소리로 노래를 하는 내내, 나는 입을 쩍 벌리고 그를 바라보았다. 엠피쓰리로 음악을 듣는 것과, 직접 오페라 가수의 눈빛과 입 모양, 얼굴 표정 등을 보며 음악을 듣는 것은 하늘과 땅 차이였다. 나는 그가 소리를 내기 직전 그의 배가 훅 부풀어 오르는 것도 볼 수 있었다.

아다는 공연장을 빠져나오며 공연을 거의 두 시간이나 했다고 말했다. 그 말이 맞을 것이다. 그리고 꽤 좋은 공연이었지만 좀 지루했다고 했다.

"뭐? 지루했다고?"

나는 되묻지 않을 수 없었다.

"공연이 지루했다니 믿을 수가 없어!"

우리는 전철을 타고 집으로 향했다. 공연을 보고 나니 평범하고 일반적인 대화를 하는 게 힘들다는 느낌이 들었다.

"너도 언젠가는 그런 무대에서 노래를 부를 수 있을 거야."

아다가 말했다.

나는 아다를 향해 살짝 상체를 굽혔다. 왜 그랬는지는 나도 모른다. 브린 테르펠의 공연이 좀 지루하다고 한 아이한테 말이다. 아다에게서 참외향이 났다.

내일이 되면 우리가 함께 콘서트에 갔다는 소문이 학교에 퍼질 것이다. 나는 이런 경우엔 아다가 비밀을 지키지 않아도 상관없다고 생각했다.

내 삶의 제 12 장

"오늘 저녁에 할 총연습에 참석했으면 좋겠구나."

선생님이 말했다.

"코 때문에 병원에 가야 하는데요."

"저녁에?"

"네. 특별 진료를 받을 예정이거든요. 부러진 코뼈의 조각이 아직 남아 있을 수도 있고……. 사실 오늘은 의사 선생님이 보트 여행을 한다고 시간을 낼 수 없다고 했어요. 하지만 전 학예회 전에 진료를 받고 싶어서 저녁이라도 괜찮다고 했어요."

"넌 학예회의 마지막 무대를 장식할 거야, 바르트. 그런데도 아직 네 노래를 들어보지 못해서 걱정이 좀 된다."

"잘 될 거에요. 약속드릴게요."

어제는 복싱에 대한 글을 썼다. 처음엔 복싱의 역사에 대해 쓸 생각이었다. 하지만 학교 수업처럼 지루할 거라는 생각에 마음을 바꿨다. 대신 무하마드 알리에 대한 재미있는 일화를 찾아 썼고, 그것이 바로 내가 복싱을 시작하게 된 계기라고 덧붙였다. 열 개의 항목 중, 적어도 세 개는 사실이었다. 크리스티안과 로베르트가 무대 위에서 시범 경기를 할 때는 적당한 배경 음악을 넣을 작정이었다.

총연습에 참석하라고 설득하던 선생님은 결국 포기하고 말았다. 신경과민에 대해선 잘 모르겠지만, 적어도 내 눈에는 선생님이 평온해 보이지 않았다.

엄마는 오늘 수술을 받는다고 했다. 수술을 받다가 죽는 사람도 없진 않다. 몸 속에 가위를 넣고 깜박 잊은 채 수술 부위를 꿰매는 의사도 있다. 나는 바로 그런 것들을 걱정해야 한다. 하지만 나는 기대감이 넘쳤다. 엄마가 수술을 받고 회복을 하면 더 나은 삶이 기다리고 있을 것이라고 생각했기 때문이다.

꽤 오랜만에 수업에 집중할 수 있었다. 마치 휴가를 떠났던 뇌가 제자리로 돌아온 것 같은 느낌이었다.

아다는 어제 콘서트에 갔던 걸 아무에게도 말하지 않은 것 같았다. 우리가 들었던 음악이 주름이 자글자글한 나이 많은 사람들을 위한 것이었기에 그런 걸까. 아니, 어쩌면 나와 함께 갔기 때문일지도 모른다. 세상에는 어떤 일에든 오해하는 사람이 있기 마련이니까.

쉬는 시간이 되자 나는 다시 혼자 있게 되었다. 다른 아이들이 평소에 모였던 곳과는 다른 곳에서 모였기 때문이다. 한 무리의 아이들 정중앙에 서 있는 베르트람이 눈에 들어왔다. 그는 전혀 어울리지 않는 아이들과 함께 있었다. 그 자리는 전에 내가 서 있던 자리였다. 그에 대한 걱정을 하기도 전에 예상치 않았던 일이 벌어졌다. 아다가 여자애 세 명과 B반 남자애 두 명을 데리고 내 쪽으로 온 것이다. 다시 한번 말하지 않을 수 없다. 그들이 먼저 내게 다가온 것이다!

저 애들과 무슨 말을 해야 하나? 나는 아무 생각도 나지 않았다. 평소에 아이들과 자주 말을 하지 않았기 때문이다. 나는 그동안 대화를 나누는 훈련이 부족했다고 인정할 수밖에 없다. 정말 저 애들과 함께 어울릴 수 있을까? 저들 각자가 입고 있는 옷 하나가 내 옷을 다 합친 것보다 훨씬 비쌀 것이 틀림없는데도.

나는 고개를 살짝 옆으로 숙이며 '흠, 꽤 재밌는걸.' 또는 '흠, 그렇단 말이지.'를 나타내는 표정을 지었다. 얼굴을 그런 식으로 움직이자니 코가 아파 왔지만 상관없었다. 그들 눈에 내가 이상하게 보이지나 않을까만 걱정스러웠다. 그렇게 보이면 이제 난 어둑어둑한 운동장 가를 혼자 걸어야 할 것이다. 도대체 나한테 왜 이런 일이 일어나는 걸까?

"네가 오페라를 부른다며?"

B반 남자애가 그렇게 말하자 모두들 고개를 돌려 나를 바라보았다.

'응.'이라는 한마디 대답으로 충분한 상황이었다. 하지만 그렇게 대답하면 모두들 내가 거만하다고 생각할 것이 분명하다.

"내 몸이 집채만큼 커진다면…… 살이 쪄서 뚱뚱해지는 건 아니고…… 그냥 몸이 그렇게 커진다면 나도 오페라 가수가 될 수 있을 거야. 적어도 창문을 활짝 열고 노래를 부르면 길을 가던 사람들이 모두 쳐다

볼 정도의 목소리를 갖게 된다면……."

"에…… 너 창문을 활짝 열고 노래 부르니?"

"응, 다른 데서……. 사실 많은 오페라 가수들이 창문을 열고 거리를 향해서 노래 연습을 하거든. 일반인들은 잘 모르는 거지만."

"그럼 학예회 때도 무대에 창문을 가지고 올라갈 거야?"

"아냐, 무대 위에선 물구나무를 선 채로 노래를 부를 생각이야. 오페라 가수들은 스테이지 다이빙(공연 도중 가수가 관객들 사이로 뛰어내리는 것)과는 거리가 먼 사람들이니까……. 아니, 그냥 그렇다는 말이야."

"집채만큼 뚱뚱하지만 않다면 가능하겠지."

"맞아. 그렇게 뚱뚱하면 청중들이 들어 올려 파도타기하는 것도 불가능하겠지."

얘기가 내가 의도한 대로 흘러가지 않았다. 나는 이런 류의 대화를 해 본 적이 없었다. 그들이 내 말에 코웃음을 치지 않은 게 그나마 다행이었다. 아이들은 바로 주제를 바꿔 학예회에 대해 떠들기 시작했다. 나는 그 이야기에 관심을 갖는 듯한 표정을 짓는 건 미처 생각하지 못했다.

"너희 엄마는 좀 어때?"

교실로 들어가는 길에 아다가 물었다.

"앞으로는 달라지겠다고 약속했어."

"잘됐다, 그치?"

"그런 약속은 전에도 했었어."

"이번엔 약속을 지킬 수도 있잖아."

"응, 그랬으면 좋겠어."

우리는 자리에 앉았다.

"참, 오늘은 숙제를 해 왔어."

아다가 자랑스럽게 말했다.

나는 카페에 앉아 수많은 아빠들을 바라보았다. 우리 아빠처럼 보이는 사람 중에는 혼자 앉아 있는 사람이 한 명도 없었다. 그래서 나는 문을 바라볼 수 있는 자리에 앉았다. 약속 시간인 두 시가 가까워지고 있었다. 어쩌면 그는 중요한 회의에 참석하느라 늦을지도 모른다. 혹시 내가 카페를 잘못 찾은 건 아닐까? 내가 약속 시간을 잘못 알았거나, 그가 나를 놀리려고 거짓말을 했다면 어떡하지?

온통 이런 생각들로 꽉 차 있는 머리는 아무 짝에도 쓸모가 없다.

순간, 뱃속이 활활 타들어갈 정도로 극적인 일이 일어났다. 막 문을 열고 들어온 한 남자가 카페 안을 둘러보았던 것이다. 머리를 빡빡 깎은 그는 엄마와 비슷한 나이 또래 같았다. 그가 나를 발견하고 내게로 다가왔다. 나는 자리에서 일어났다. 이런 순간은 나이가 들고 치매에 걸려도 기억할 수 있을 것이다.

그와 내가 닮았다는 생각은 들지 않았다. 하지만 25년 후의 내가 어떤 모습으로 변해 있을지는 아무도 모르는 일이다.

"혹시……"

나는 그가 말을 끝내기도 전에 목이 아플 정도로 힘차게 고개를 끄덕였다.

그가 악수를 청했다. 그 상황에서 포옹을 한다는 건 왠지 어울리지 않을 것 같았다. 나는 잠시 가만히 있었다. 그러다가 힘주어 그의 손을 잡았다. 그가 뭘 먹고 싶냐고 물었다.

"코코아요."

그는 직원에게 주문을 하러 갔다. 나는 그가 한 손에 맥주잔을 들고 오지 않기를 간절히 바랐다. 다행히 그는 한 손에는 코코아를, 다른 한 손에는 거품이 살짝 뜬 커피를 들고 있었다.

"먼저 네 이야기를 좀 들어봤음 좋겠다."

그가 미국식 억양이 섞인 말투로 말문을 열었다.

나는 그간 있었던 일을 간략하게 이야기해 주었다. 물론 절망적인 상황에 대해선 입 밖에도 내지 않았다. 내가 말을 마치자 그는 무언가를 골똘히 생각했다.

"네가 왜 그렇게 아빠를 찾았는지 알겠다."

그가 말했다.

"이젠 내 이야기를 할 차례구나. 나는 노르웨이에 자주 왔었단다. 마지막으로 온 것은 13, 14년 전쯤이었어. 그 시절에 나는 서너 명의 여자를 만났었지. 네 엄마 이름이 린다라고 했지?"

"네."

나는 기대에 가득 찬 표정으로 대답했다.

"린다라는 이름은 기억나지 않는구나."

"엄마는 당시에 제과점에서 일했다고 했어요."

존 존스는 어깨를 으쓱 추켜 보였다.

"퇴이엔에서 살았었다고 하던데요."

그는 다시 어깨를 추켜 보였다.

"바구니가 달린 빨간 자전거를 타고 다녔다고 들었어요."

"그래?"

"사진을 보면, 엄마는 그때 긴 금발이었어요."

"자주 웃는 편이었다니?"

"예…… 그런 것 같아요."

"이제 네 엄마가 기억나는 것 같다."

그때 문득 존 존스의 눈이 내 눈과 닮았다는 걸 발견했다. 그걸 알아채는 데 왜 이토록 오랜 시간이 걸렸을까. 움푹 들어간 듯한 옅은 색의 푸른 눈동자.

"린다…… 린다는 요즘 어떻게 지내니?"

그가 물었다.

"지금 병원에 입원해 있어요. 이젠 빨간 자전거를 타지 않아요. 엄마는 그때 이후로 많이 변했을 거예요."

"그렇지 않은 사람이 어디 있겠니……."

존 존스는 말끝을 얼버무리며 반질반질한 머리에 손을 가져갔다.

"좀 이상하게 들릴지도 모르겠지만, 전 아저씨가 제 아빠일지도 모른다고 생각했어요."

존 존스는 미소를 지으며 한 손을 탁자 위로 뻗어 내 어깨를 토닥거렸다. 어쩌면 그 행동은 모든 아빠들이 자주 하는 것일지도 모른다. 포옹을 하는 대신 친구처럼 어깨를 툭툭 쳐 주는 것 말이다.

“그걸 확인해 볼 수 있는 방법이 하나 있긴 해.”

그가 말했다.

“네 엄마를 만나봐야겠다.”

“이틀 후면 만나실 수 있을 거예요.”

“그래. 이제 네 이야기 좀 해 봐라.”

13년 간의 일을 30분 만에 이야기하는 것이 가능할까? 이상한 것은 그게 정말 가능했다는 것이다. 물론 내가 이야기하지 않은 것도 많았다. 하지만 적어도 거짓말은 조금도 섞지 않았다. 벽장 속에 쌓여 있는 수많은 청구서들과 이웃에 어떤 사람들이 사는지에 대해선 이야기하지 않았다. 그가 그 모든 것을 단번에 알아야 할 이유도 없었다. 나도 그가 어떻게 사는지 물어보았다. 그 또한 내게 많은 것들을 생략하고 이야기했을 것이다. 왜냐하면 그는 5분 정도밖에 이야기하지 않았으니까. 존 존스는 미국 텍사스 주의 텍사르카나라는 데서 태어났으며, 뉴욕과 워싱턴에서 산 적이 있다고 말했다. 그뿐 아니라 런던과 파리에 가 본 적도 있다고 했다. 그는 이렇게 여행을 많이 다녔지만 왜 그런지 몰라도 항상 노르웨이로 돌아오고 싶었다고 했다. 나는 그의 아들이 노르웨이에 있기 때문일 거라고 생각했다. 물론 그 말을 입 밖에 내진 않았다.

존 존스는 컴퓨터 관련 일을 하고 있으며 현재는 애인이 없다고 했다. 취미로 가끔씩 경마에 작은 돈을 걸기도 하고 여름에는 등산을 자주 한다고 했다.

“혹시…… 저에게 배다른 형제가 있나요……?”

“아니.”

"오페라를 좋아하세요?"

"흠, 이런 질문을 받다니…… 솔직히 난 오페라를 그리 좋아하는 편은 아닌데 어제 브린 테르펠 콘서트에 갔다 왔다."

"정말 거길 가셨어요? 저도 어제 그 콘서트에 다녀왔어요."

"와우! 이런 우연이 있다니! 놀랍군."

"예, 정말…… 정말…… 놀라운 일이에요. 그건 그런데……"

아빠라는 단어가 혀끝에서 맴돌았다. 그 말을 얼른 내뱉고 싶어 견딜 수가 없을 지경이었다. 항상 해 보고 싶었던 말이었다. 아주 특별한 경우에나 쓸 수 있는 말처럼 생각되기도 했다. 하지만 차마 그 말을 할 수가 없었다. 대신 브린 테르펠이 창문을 활짝 열고 노래를 부른 이야기를 해 주었다. 존 존스는 큰 소리로 웃음을 터뜨렸다. 아빠의 웃음소리를 듣는다는 건 매우 기분 좋은 일이었다.

"자전거 타는 걸 좋아하니?"

그가 뜬금없이 물었다.

"사실은 얼마 전에 자전거를 선물 받았어요."

나는 자전거를 못 타기 때문에 산책할 때 자전거를 끌고 걷는다는 이야기도 해 주었다.

"난 자전거를 자주 타. 자전거 타는 걸 아주 좋아하지. 우리 언제 한번 같이 자전거 여행을 하는 건 어떻겠니?"

우리는 다시 연락을 하기로 약속했다. 다시 만나면 병원에 있는 엄마를 찾아가 볼 생각이었다. 모든 일이 착착 잘 진행되고 있는 것 같았다. 어쩌면 엄마 아빠는 다시 같이 살지도 모르는 일 아닌가? 나는 인터넷에서 단 한 번 만난 후 무려 50년 간을 떨어져 살다가 다시 만나서 같이 사는 사람들의 이야기를 읽은 적이 있다. 엄마와 아빠는 겨우 13년밖에 떨어져 살지 않았다. 50년에 비하면 13년은 아무것도 아니다.

헤어질 무렵 그가 물었다.

"그런데 네 코는 어쩌다 다쳤니?"

"누가 엄마에 대해 나쁜 말을 해서요."

"바르트, 네가 점점 좋아지는구나."

"수술은 잘 됐대."

집에 오니 할머니가 수술 결과를 전해 주었다.

"좋은 소식이네요. 그런데 할머니, 그거 아세요? 이젠 제 인생도 점점 좋아질 것 같은 생각이 들어요."

"그 말을 들으니 나도 기분이 좋구나, 바르트."

"좀 두렵기도 해요. 좋은 일이 계속되지 않을까 봐……."

"계속될 거야, 바르트. 너는 행복하게 살 자격이 충분하니까."

할머니들은 어떤 사람들일까? 할머니들의 존재 이유는 행복과 불행의 균형을 맞추기 위해서 아닐까? 텔레비전에서는 노르웨이 국왕이 평생을 특별하고 가치 있는 일에 종사했던 사람들에게 훈장을 수여하는 장면이 나오고 있었다. 나는 이 세상의 모든 할머니들은 국왕의 훈장을 받을 자격이 있다고 생각했다. 할머니들을 위한 훈장.

할머니는 코에 붙인 반창고 떼는 것을 도와주었다. 코는 약간 비뚤어져 있었다. 비뚤어졌다는 걸 알기 위해 자를 사용할 필요는 없었다. 코는 여전히 부어 있었고, 코뼈에 손을 대면 아직 많이 아팠다. 상처가 난 곳에는 마른 딱지가 앉아 있었다. 반창고를 떼어 내니 그제야 내 원래 모습이 돌아온 것 같았다. 얼굴만 거의 정상적이 되면 그 어떤 새로운 도전도 받아들일 수 있을 것 같은 자신감이 생겼다.

"오늘은 자전거 타는 법을 배울 생각이에요."

"엄마도 자전거 타는 걸 좋아했었다."

"아빠를 만날 때 빨간 자전거를 타고 다녔다고 들었어요. 할머니도 그 빨간 자전거를 기억해요?"

"물론이지. 아직도 선명하게 기억하고 있는걸."

나는 밖으로 나가서 자전거에 채워져 있던 자물쇠를 풀었다. 두 개의 바퀴, 핸들, 페달, 그리고 안장. 자전거를 타는 건 그다지 어려울 것 같지 않았다. 보조 바퀴를 달기에는 내 나이가 너무 많은 것 같았다. 그럼 처음엔 넘어져서 피가 나고 멍이 드는 걸 감수해야 한다. 속력을 조금만 낼 수 있다면 균형은 저절로 잡힐 것이다. 나는 안장에 앉아 페달에 발을 올렸다. 두 손으로는 핸들을 잡고 브레이크를 시험해 보았다. 아스팔트 위로 햇살이 쏟아졌다. 넘어져도 괜찮다는 생각을 하며 마음을 다잡았다. 나는 자전거를 탈 수 있다는 최면을 걸었다. 그리고 천천히 달리기 시작했다. 허벅지가 뻐근할 정도로 열심히 페달을 밟았다.

내 인생의 첫 자전거 타기.

1미터도 채 못 가 누군가가 등 뒤에서 따라오는 소리를 들었다.

"자전거를 그렇게 타면 안 되지!"

게이르가 멍한 눈빛으로 나를 바라보고 있었다. 그의 무릎에는 상처가 나 있었다.

"어, 안녕하세요? 제가 뭘 잘못했나요?"

"상체를 필요 이상으로 많이 굽혔잖아. 그러면 곧 넘어지고 말 거야. 시선을 멀리 둬야 해. 저기 저쪽을 보면서 자전거를 타. 아스팔트 위만 보지 말고!"

그는 자전거의 짐받이에 손을 얹었다.

"자세를 바로 하고 앉아 봐. 그리고 한쪽 발을 페달에 올리고. 그렇지. 그렇게 하면 돼. 자, 이제 페달을 밟아 봐. 뒤에 내가 따라갈 테니 걱정 말고. 그렇지. 그렇게 달리면 돼."

나는 자전거를 타고 있었다. 균형을 잡느라 엉덩이를 이쪽저쪽으로 움직이는 바람에 앞바퀴가 비틀거리긴 했지만, 자전거는 앞으로 나아가고 있었다. 게이르는 짐받이를 잡고 있었다. 적어도 앞으로 넘어져 아스팔트에 얼굴을 찧을 때까지는 그렇다고 생각했다. 눈을 들어 보니 게이르는 저 멀리서 천천히 걸어오고 있었다.

"좋아! 이제 넌 자전거를 탈 수 있게 됐어."

"자전거를 잡아 준다고 했잖아요?"

"두 바퀴 정도는 잡아줬지…… 하지만 너도 알다시피 난 빨리 달리지 못하거든. 다리가 이 모양이니……."

한쪽 손에 긁힌 자국이 생겼지만 심각한 상처는 아니었다. 다행히 넘어질 때 얼굴을 높이 쳐들고 있었기 때문에 코는 무사했다. 여기서 멈출 수는 없다는 생각이 들어 다시 자전거에 올라탔다.

"네 자전거 뒤를 보이지 않는 손이 잡아 주고 있다고 생각해!"

게이르가 소리쳤다.

나는 게이르가 시키는 대로 했다. 내가 넘어지지 않도록 그가 두 손으로 잡고 있다고 생각하고 달렸다.

그럼에도 나는 두 번이나 더 넘어졌다. 찢어진 바지 사이로 피가 흘러나왔다. 나는 비틀거리긴 했지만 곧 자전거를 타고 아파트 단지를 한 바퀴 돌 수 있을 정도가 되었다. 내 몸은 자전거와 일심동체가 되어 움직이고 있었다. 이제 나는 아빠와 함께 자전거 여행을 할 수 있겠다고 생각했다. 게이르는 상기된 표정으로 박수를 쳐 주었다.

"아빠를 찾은 것 같아요."

나는 자전거를 타고 게이르 주위를 빙글빙글 돌며 말했다.

"잘됐구나. 두 다리는 멀쩡하든?"

"예, 다리는 아무렇지도 않았어요. 아빠는 텍사스 출신이니까, 제 몸속에는 텍사스의 피가 반은 흐르고 있는 셈이에요."

"굉장한걸! 난 지지 탑(ZZ Top, 미국의 록 밴드)을 좋아해. 네 아빠는 턱수염을 길렀니? 카우보이 모자는? 스트링 넥타이도 하고 있었어?"

"아뇨, 아빠는…… 그냥 평범한 사람 같았어요."

"좋아, 좋아. 보통 사람처럼 평범한 게 제일 좋아."

"그분에게 호감이 많이 갔어요."

"그럼 나도 그 사람을 좋아할 수 있겠구나."

다시 자전거 페달을 밟았다. 이번에는 한 번밖에 넘어지지 않았다. 그 정도라면 이젠 나도 자전거를 탈 수 있다고 말해도 될 것 같았다.

"이건 자유야!"

게이르가 손가락으로 자전거 핸들을 가리키며 말했다.

"이젠 어디든 네가 가고 싶은 곳으로 갈 수 있어. 사람들은 이걸 타고 세계 일주도 한단다. 누가 훔쳐 가지만 않도록 조심해."

"예, 그렇게 할게요."

할머니는 무릎에 난 상처를 소독해 주며, 찢어진 바지를 꿰매 주겠다고 했다. 할머니는 침대보를 갈다가 매트리스 아래 있던 봉투를 발견했다. 봉투 겉면에는 아다의 이름이 적혀 있었고, 그 속에는 연쇄살인범들의 사진이 들어 있었다.

"내가 걱정해야 될 일이니?"

할머니가 조심스레 물었다.

"할머니가 저 때문에 걱정을 하시거나 부끄러워하실 일은 없을 거라고 자신 있게 말씀 드릴 수는 없지만, 제가 연쇄살인범이 되지 않겠다는 것만은 약속할 수 있어요."

나는 아빠에게 문자 메시지를 보내서 내일 오후 4시에 병원으로 와 달라고 부탁했다. 바로 답장이 왔다.

그렇게 하지. C유.

잠자리에 들어서도 자전거 생각으로 잠을 잘 수가 없었다. 내일은 너무나 중요한 날이라서 온몸을 사시나무 떨듯 떨어도 모자랄 지경이었다. 하지만 나는 조용히 누워 천장만 바라보고 있는 중이다. 때가 되면 모든 건 다 잘 될 거야. 이젠 불행의 끝에 가까이 왔다는 생각이 들었다.

창밖에는 지금쯤 예쁜 별똥별 하나가 떨어지고 있겠지.

다음 날 아침은 기분 좋게 시작할 수 있었다. 할머니는 베이컨과 메이플 시럽을 사 놓았고, 아침식사로 팬케이크를 구웠다. 나는 팬케이크 위에 바삭바삭한 베이컨을 얹고 시럽을 듬뿍 찍어 먹었다.

"식사 후에 이걸 먹는다고 약속하면, 시럽을 그렇게 많이 먹어도 괜찮아."

할머니는 접시 옆에 빨간 사과 하나를 올려놓았다.

나는 자리에서 일어나 할머니를 꼭 끌어안았다. 터프한 남자애들은 할머니를 포옹하지 않는다는 걸 나도 잘 알고 있다. 하지만 도저히 가만히 앉아 있을 수가 없었다.

"오늘은 참 좋은 날이 될 것 같아요. 그런 기분이 들어요."

"그래, 오늘은 참 좋은 날이 될 것 같구나."

할머니는 내 말을 똑같이 따라했다.

복도에는 누군가가 광고 전단지를 구겨 바닥에 내팽개쳐 놓았다. 계단 위에는 구멍 난 쓰레기 봉지가 놓여 있었다. 아무 상관 없었다. 다시 청소 품앗이를 하면 되니까.

교문으로 들어서는 순간 아다가 다가왔다.

"어제 한 총연습은 꽤 괜찮았어. 선생님이 이번 학예회 무대는 최고가 될 거라고 하셨어."

"그럼 내가 마지막 순서를 장식하지 않아도 되겠네?"

"아냐, 그런 건 아냐. 선생님이 마지막 순서에 이름 모를 오페라 가수의 노래 시디를 틀어 주셨어. 그리고는 눈물까지 흘리면서 감동하더라. 정말이야. 선생님은 너한테 아주 큰 기대를 하고 있는 것 같아."

"복싱 시범 경기엔 감동하지 않을 거라고 생각하니?"

아다는 어깨를 으쓱 추켜 보였다.

"아직 그 얘긴 아무한테도 안 했어. 그러고 보면 나도 비밀을 지킬 수 있나 봐."

순간, 작은 죄책감이 들었다. 음악에 감동하는 사람들은 서로에게 주먹질을 하는 광경에 감동하진 않을 것이다. 내가 가지고 있는 단 하나의 희망이라면 청중들이 복싱 시범 경기를 좋아해 주었으면 하는 것이었다. 나는 크리스티안과 로베르트의 시범 경기를 경쾌하게 중계하는 것으로 마지막 무대를 장식할 계획이었다. 마지막에는 크리스티안이 로베르트를 케이오시키고 로베르트는 내가 열을 셀 때까지 바닥에 누워 있을 계획이었다. 그러면 청중들이 환호하지 않을까? 적어도 큰 박수는 받을 수 있을 것이다.

"오늘 저녁이 정말 기대된다."

내가 교실에 들어서자 담임 선생님이 말을 건넸다.

"예, 저도 그래요."

"목은 어떠니?"

목에 종기가 생겼어요! 목소리가 나오지 않아요! 심장이 목까지 올라온 것 같은 느낌이에요!

오늘 저녁에 노래를 못 하겠다고 둘러댈 이유는 얼마든지 찾을 수 있었다. 갑자기 다른 도시로 이사를 간다고 하면 어떨까.

나는 쉬는 시간에 존 존스에게서 문자 메시지가 왔는지 확인해 보았다.

다시 만나게 되면 참 반가울 것 같다. 존.

좋은 아빠들은 분명 아들에게 이런 문자를 보낼 것이다. 신뢰할 수 있는 아빠, 자식의 삶을 바꾸어 줄 수 있는 아빠 말이다. 아다가 내 곁에 서서 쉴 새 없이 종알거리지만 않았더라도 나는 아빠에 대해 더 많은 생각을 할 수 있었을 것이다. 나는 아다가 무슨 말을 하는지 도통 집중할 수가 없었지만, 가끔 적절한 때에 '그게 정말이야?' 또는 '그래?'라는 말로 맞장구를 쳐 주었다.

이어지는 수업 시간에는 두 개의 서로 다른 세상을 왔다 갔다 하는 것 같았다. 잠시 수업에 집중했다가도 나만의 생각에 빠지기 일쑤였다. 다른 아이들은 전혀 모르는 나만의 생각. 선생님이 내게 소리 내어 책을 읽어 보라고 했다. 나는 언뜻 수업에 집중하고 있다고 생각했지만 선생님이 가리키는 부분이 어디인지 알 수가 없었다. 둘러보니 아이들도 모두들 들떠 있는 것 같았다. 가만히 수업에 집중하고 있는 아이는 아무도 없었고, 여기저기서 소곤거리며 떠드는 소리가 들렸다. 내가 책을 읽어도 아무도 귀 기울여 듣지 않을 것 같았다.

집으로 가는 길, 자기 집이 우리 집과 반대 방향인데도 불구하고 아다는 나와 함께 한참을 걸었다.

"우리, 언제 한번 같이 자전거 타지 않을래?"

"어디 갈 건데?"

"강가는 어때? 수영도 할 수 있을 테니까 좋을 것 같다."

"아직 물이 많이 찰 텐데?"

"숲속 오솔길은 어때?"

"좋아. 언제 한번 숲으로 자전거를 타고 가 보자."

"아니면 골목길."

"그럼 자전거를 타고 골목길을 거쳐 숲으로 가면 되잖아."

"숲에서 자전거를 타려면 산악용 자전거가 있어야 되는 거 아냐?"

"있으면 좋겠지."

"그럼 그냥 아스팔트 위에서 타야겠다."

"알았어. 아스팔트 위에서 자전거 타는 걸로 하자."

"응, 재밌겠다."

아다는 내게 하이 파이브를 한 후 몸을 돌리며 오늘 저녁이 기대된다고 말했다.

"나도 그래."

나는 엠피쓰리로 브린 테르펠의 노래를 들으며 복싱 시범 경기 때 할 말을 적어둔 원고를 다시 읽어 보았다. 모퉁이를 돌아 구멍가게 앞에 이르렀을 때 갑자기 발을 멈췄다. 우리 아파트 입구에 노란 차 한 대가 서 있었기 때문이다. 이전에도 본 적이 있는 차였다. 나는 그 차를 볼 때마다 심장이 목까지 올라오는 듯한 느낌이 들었다.

혹시 할머니에게 무슨 일이 생긴 건 아닐까?

나는 이어폰을 빼고 달리기 시작했다. 구급차 요원들은 들것을 차 안으로 옮기고 있었다. 구급차에서 조금 떨어진 곳에는 한 남사가 화가 난 듯 주먹을 휘두르며 소리를 지르고 있었고, 칩 찰리는 그를 말리고 있었다.

"이 악마 같은 자식! 지금 죽으면 나는 어떡하라고!"

남자는 들것을 운반하는 요원들에게 다가가려고 했지만 칩 찰리는 그를 두 팔로 잡고 놓아 주지 않았다.

"죽어도 빌린 돈은 갚고 죽어야 할 것 아냐! 이 나쁜 놈!"

낯설지 않은 그의 고함 소리를 들으니 등골이 오싹했다.

"지금 죽으면 어떡해, 게이르!"

나는 요원들이 운반하는 들것을 흘낏 바라보았다. 들것에 실린 사람은 게이르가 분명했다. 내게 자전거 타는 법을 가르쳐 주었던 사람. 이제 겨우 친해지려는 참이었는데 이토록 허무하게 세상을 떠나다니.

"내 돈을 갚기 전엔 절대 죽을 수 없어!"

남자는 계속 소리를 질렀다.

꼼짝도 할 수가 없었다. 나는 구급차 문이 닫히기 전에 얼른 뛰어가 보았다. 들것 위에는 창백한 얼굴의 게이르가 두 눈을 감고 누워 있었다. '모든 소문은 진실이다'라고 적힌 티셔츠는 갈기갈기 찢어져 있었다.

"무슨 일이에요?"

"약물을 과다 복용했어."

구급차 요원이 말했다.

"가족이니?"

"저요? 아니에요. 생명엔 지장이 없나요?"

"일단 좀 비켜 봐. 서둘러야 하니까."

그는 문을 닫고 운전대를 잡았다. 구급차는 곧 사이렌을 울리며 움직이기 시작했다.

칩 찰리는 그제서야 고래고래 고함을 지르던 남자를 놓아 주었다.

"그거 알아?"

붉으락푸르락 화를 내던 남자가 칩 찰리에게 말했다.

"얼마 전에 게이르가 죽었다는 말을 들었어. 그런데 알고 보니 살아 있더란 말이지. 이젠 정말 죽을지도 몰라. 이런 일을 두고 재수 없다고 하는 거야, 젠장."

"쳇!"

칩 찰리는 어이없다는 듯 혀를 차고는 아파트 안으로 들어가 버렸다.

나는 그제야 그의 목소리를 어디서 들었는지 기억해 낼 수 있었다. 그는 바로 게이르가 우리 집에 사는 줄 알고 대문을 두드렸던 남자였다. 나는 그에게 게이르가 죽었다고 거짓말을 했었다. 나는 칩 찰리를 뒤쫓아가 말을 걸었다.

"아저씨가 게이르 씨를 발견했나요?"

"아냐, 그를 발견한 건 내가 아니라 저 사람이야."

칩 찰리는 고래고래 소리를 지르던 남자를 턱으로 가리켰다.

"죽은 듯 널브러져 있는 게이르의 정신을 차리게 하려고 마구 때리기까지 했다더군. 참, 돈이 뭔지……. 사람 위에 돈 있다고 하더니, 정말인가 봐."

"게이르 씨가 목숨을 건질 수 있을까요?"

"그건 나도 모르겠다. 하지만 게이르 같은 사람들은 아주 질겨. 여간해선 죽지 않을 거야. 약물 과다 복용이 이번이 처음은 아니거든."

"병문안을 갈 사람은 있을까요?"

"이런 말을 해도 될지 모르겠지만, 그는 병문안을 할 가치도 없는 사람이야."

칩 찰리는 자기 집으로 들어서더니 현관문을 닫았다. 나는 복도에 홀로 우두커니 서 있었다. 바닥에는 연붉은색 액체가 담긴 주사기가 나뒹굴고 있었다. 나는 그 주사기를 집어 들어 있는 힘을 다해 벽에다 내동댕이쳐 버렸다.

내 삶의 제 13 장

♪♫

"학교에서 하는 이벤트가 뭔가는 언제 시작하니?"

"학예회라고 해요. 오후 여섯 시에 시작하구요."

내 목소리는 왠지 시무룩하게 들렸다. 절망적이기도 하고 화가 난 것 같기도 했다. 할머니는 내 머리를 쓰다듬으며 말했다.

"긴장이 돼서 그러니? 그래서 그래?"

대답하고 싶지 않았다. 거짓말을 하지 않겠다고 스스로 다짐했기에 모든 것을 사실대로 말할 수도 있었다. 하지만 할머니에게 있는 그대로 모든 것을 말하기는 쉽지 않았다. 병원에 찾아올 예정인 아빠에 대해서도 말할 수 없었다. 사정이 어떻든 난 아빠가 꽃다발을 잊지 않고 가져오길 바랐다.

"오후 네 시 정각에 병원에 도착했으면 좋겠어요. 꼭이요."

"학예회에 늦지 않으려고?"

할머니는 빨래를 개며 되물었다.

"그것도 그거지만…… 할머니…… 우리 아빠가 어떤 사람인지 궁금해 하신 적이 있으세요?"

"글쎄, 난 그게 중요한 건 아니라고 생각한다. 하지만 너한테는 아주 중요한 일이 될 수 있겠지. 이 세상엔 아빠가 누군지도 모른 채 자라는 아이들이 셀 수 없이 많아. 요즘 같은 세상엔 특별한 일도 아냐. 중요한 건 그들도 똑같은 사람이라는 거지."

"만약 아빠가 갑자기 나타난다면 할머니는 기뻐하실 거예요?"

"물론이지. 그가 좋은 아빠라면 기뻐하지 않을 이유도 없잖아. 더구나 네 엄마는 건강이 많이 안 좋으니까……. 그래, 너한테는 아빠가 필요할지도 모르겠구나. 특히나 지금 같은 때에는……."

초인종이 울렸다. 할머니와 나는 눈을 마주쳤다.

"올 사람이 있니?"

할머니가 나직이 물었다.

나는 고개를 저었다. 할머니가 현관문을 가리켰다. 나는 얼른 밖을 확인해 보았다. 현관문 앞에는 낯이 익은 아줌마가 서 있었는데 어디서 봤는지는 기억할 수가 없었다. 그 옆으로 너무나 잘 아는 얼굴이 하나 더 보였다. 순간, 뱃속이 뒤집히는 것 같았다. 문을 열어 주고 싶지 않았다.

"누구니?"

할머니가 물었다.

나는 대답 대신 심호흡을 하고, 내키지 않았지만 손잡이를 돌렸다. 다음 순간 너무나 슬픈 표정을 짓고 있는 얼굴이 눈에 들어왔다.

"안녕, 아우구스트."

"안녕."

"혹시……."

아우구스트의 엄마는 할머니를 보자 말끝을 흐렸다.

"저는 바르트의 할머니예요."

"아, 그렇군요. 바르트의 엄마는……?"

"지금 병원에 입원해 있어요."

"그렇군요. 아우구스트가 할 말이 있다고 해서 함께 왔어요."

아우구스트는 땅만 내려다보고 있었다. 학교에서 보던 그의 모습과는 너무나 달라서, 같은 사람인지 의구심이 들 정도였다. 아우구스트의 엄마가 아들의 어깨에 한 손을 얹었다.

"너를 때린 건 미안해."

아우구스트가 기어들어가는 소리로 말했다.

"괜찮아."

나는 그가 얼른 돌아가 주길 바랐다.

"한 가지 여쭤 봐도 될까요?"

아우구스트의 엄마가 주저하며 말했다.

나는 할머니가 그들을 집 안으로 들어오라고 해서 커피를 대접하지만 않았으면 좋겠다고 생각했다.

"아우구스트가 얘 엄마를…… 그러니까 따님을 밀어서 다치게 했다는 게 사실인가요?"

"무슨 말씀인지……?"

할머니가 의아한 표정으로 되물었다.

"아우구스트는 엄마를 밀지 않았어요."

나는 할머니 대신 대답했다.

"그렇구나. 그런데 왜 학교 아이들은 아우구스트가 네 엄마를 밀었다고 말하는 거니?"

그건 나도 모른다고 말하고 싶은 마음이 굴뚝 같았다. 살다 보면 한 번쯤은 근거 없는 소문이 날 때도 있지 않냐고, 소문이란 대부분 사실이 아닌 게 퍼지는 거라고 말이다. 엄마가 아들의 인기를 회복시켜 줄 수는 없다고 말하고 싶었다. 학교에는 지금 아우구스트와 비슷한 상황에 놓여 있는 아이들이 수도 없이 많다고, 그러니 오히려 환영한다고 말해 주고 싶었다. 어차피 그런 상황에 있다고 해도 사는 데는 별 지장이 없으니까.

문득 좋은 생각이 떠올랐다. 세상의 어떤 엄마들도 자식이 잘못되기를 바라진 않는다. 어쩌면 그건 위험한 생각인지도 몰랐다. 그래도 나는 가만히 있을 수가 없었다.

"소문을 퍼뜨린 건 바로 저예요."

"왜……, 왜 그런 짓을 했니?"

아우구스트의 엄마는 어이가 없는 듯 말까지 더듬었다.

"제가 헛소문을 퍼뜨리지 않았다면, 아우구스트는 제 코를 부러뜨렸다고 의기양양하게 자랑할 게 뻔했거든요. 그러면 저는 학교에서 왕따가 될 수밖에 없어요. 하지만 아우구스트가 우리 엄마를 밀어 넘어뜨렸다고 소문이 나면 아우구스트가 제 코를 부러뜨렸다고 자랑할 수 없을 거라고 생각했어요."

아우구스트는 전형적인 지도자 스타일이고 어딜 가든 존재감을 나타내기 때문에 아이들도 그의 말을 잘 들어준다고 덧붙일걸 그랬나……. 심지어 아우구스트는 절대 천성적으로 나쁜 아이는 아니고, 가끔씩 아주 친한 친구들에게는 진심으로 잘해 준다고 말할걸……. 순간, 느닷없이 또 다른 생각이 뒤를 이었다. 만약 아우구스트와 내가 친구가 된다면? 이전 같았으면 상상할 수도 없는 일이었다.

"그게 정말이니?"

아우구스트의 엄마는 아들을 바라보며 물었다.

"한 가지 제안을 해도 될까요?"

나는 아우구스트가 대답을 하기 전에 재빨리 끼어들었다.

"만약 아우구스트가 제 친구가 되어 준다고 약속한다면, 제가 우리 반 아이들 앞에서 엄마에 대한 소문은 사실이 아니라고 솔직하게 말하겠습니다."

"너희들 친구 아니었니?"

아우구스트의 엄마는 다시 아들을 바라보며 물었다.

"저는 우리 반 아이들과 그다지 친하지 않아요. 지금까지 아이들이 저를 투명인간처럼 취급했어요. 저는 아우구스트가 학교 끝나고도 우리 집에 와서 함께 노는 그런 친구가 아니라, 그냥 학교에서 봤을 때 몇 마디라도 따뜻하게 말을 나누는 그런 친구가 되었으면 좋겠어요."

아우구스트의 엄마는 더 이상 아무것도 묻지 않았다. 내 눈앞에 손 하나가 불쑥 나타났다. 아우구스트의 손이었다.

“약속할게.”

그가 말했다.

나는 아우구스트의 엄마가 뭔가 말을 하기도 전에 재빨리 그의 손을 덥석 잡고 흔들었다.

“그럼…… 이제 아무 문제 없는 거냐?”

할머니가 물었다.

“그런 것 같군요.”

아우구스트의 엄마가 말했다.

할머니와 아우구스트의 엄마는 어른들끼리만 주고받는 예의 차리는 말을 몇 마디 더 주고받았다. 나는 아우구스트의 엄마가 집 안을 슬쩍 들여다보는 걸 알아챘다. 빈민가에 사는 사람들은 어떻게 해 놓고 사는지 궁금했던 게 틀림없었다. 그 어떤 부모님도 자식이 바퀴벌레가 나오는 구질구질한 곳에 사는 아이와 친하게 지내는 걸 좋아하진 않겠지만 지금으로서는 아우구스트를 구할 방법이 이것밖에 없다고 생각했을 것이다. 나는 아우구스트의 엄마가 참으로 현명한 여인이라고 생각했다. 등 뒤에서 구드레이크의 소리가 들렸다. ‘앗, 아무것도 안 입고 있는데 어쩌지?’

그들이 돌아간 후, 할머니는 그 모든 게 사실이냐고 물었다.

“네.”

“네 말을 듣다 보니 내가 오래전에 학교에 다닌 구세대라는 걸 절감하게 되는구나.”

병원에 가는 길에 나는 전철에 앉아 창밖을 하염없이 바라보았다. 아빠, 게이르, 학예회. 이 모든 것들을 생각하면 나는 긴장이 되고도 남아야 한다. 하지만 내 눈빛은 방과 후의 학교 강당처럼 텅 비어 공허하기만 했다. 생각을 정리할 수가 없었다. 창밖으로 건물들, 사람들, 강아지와 자동차들이 차례차례 스쳐 지나갔다. 나는 그 어느 것에도 시선을 고정할 수가 없었다. 무엇을 봐도 보는 것 같지가 않았다.

"무슨 생각을 하는 거니? 아무 말도 없이……?"

할머니가 물었다.

나는 미소를 지었다. 여전히 오늘은 좋은 날이 될 것이라는 생각을 놓치 않아야겠다고 마음먹었다.

전철역에 내려 병원으로 가는 길에 나는 할머니에게 슬쩍 물었다.

"오늘은 혼자 먼저 병실에 들어가도 될까요?"

"그러고 싶으면 그렇게 해라."

"조금 있다가 들어오시면 돼요. 엄마와 단 둘이서 할 얘기가 있어서……."

"알았다. 내 걱정은 말고 그렇게 해. 난 밖에서 햇볕을 좀 쬐다가 올라갈게."

갑자기 배가 아파 오는 것 같았다. 할머니에게 거짓말을 할 생각은 없었는데……. 하지만 아빠 이야기를 꺼냈을 때 할머니가 쏟아낼 질문에 대답할 자신이 없었다.

할머니는 벤치에 앉았다. 건물 안으로 들어가니 복도에서 천천히 원을 그리며 걷고 있는 '그분'이 눈에 들어왔다. 아빠는 꽃다발을 쥐고 있었다.

"안녕하세요."

나는 오늘도 그에게 포옹을 해야 할지 말아야 할지 알 수가 없었다. 그도 나와 같은 마음인 것 같았다. 결국 우리는 악수로 인사를 대신했다. 그는 어떤 꽃을 사야 할지 몰라 한참 망설이다가 할 수 없이 여러 종류의 꽃을 조금씩 다 샀다고 말했다. 그도 그럴 것이 꽃들은 저마다 꽃말이 있어서 장례식에 어울리는 꽃도 있고, 사랑을 고백할 때 어울리는 꽃도 있다. 그는 특별한 의미가 없는 평범하고 예쁜 꽃을 사고 싶었다고 했다.

"잘 고르신 것 같아요."

그가 꽃에 대해 필요 이상으로 긴 설명을 늘어놓는다 싶어 나는 얼른 말을 가로챘다.

아빠의 이마에는 땀방울이 맺혀 있었다. 그는 셔츠를 매만지고 얼굴이 빨갛게 변할 때까지 코를 풀었다.

엄마는 수술을 받고 117호에 누워 있다고 했다. 아빠는 일단 병실 앞에서 잠시 기다리기로 했다. 나는 발소리를 죽이고 조용조용 병실 안으로 들어갔다. 엄마는 깨어 있었다. 나를 본 엄마는 조금 피곤한 듯했지만 기쁜 목소리로 인사를 건넸다. 엄마는 표를 내지 않으려 안간힘을 쓰고 있었지만, 나는 엄마가 너무나 쇠약해져 있다는 걸 한눈에 알 수 있었다.

"수술은 어땠어?"

"잘된 것 같아. 이제 건강해질 수 있을 거야. 살도 뺄 생각이고……. 그리고 일도 조금씩 늘려 갈 거야. 바르트, 그러면 우리도 이사를 갈 수 있어."

"하나씩 차근차근 해 나가는 게 좋을 거야, 엄마."

"정규직 일자리를 얻으면 더 나은 동네에 있는 더 나은 집으로 이사 갈 수 있도록 직장 상사가 보증을 서 줄 수 있거든. 어디서 살고 싶은지 말만 해."

나는 침대에 걸터앉았다.

"엄마, 궁금한 게 있어."

"응, 뭐?"

"아빠 말이야…… 존 존스라고 했지? 내가 최근에 아빠를 찾아봤어."

"이런, 세상에…… 바르트, 존 존스는 아주 흔한 이름이야."

"그래도……."

"네가 아빠를 찾고 싶은 건 충분히 이해해. 하지만 결국 실망하고 말 거야. 이젠 아빠 생각은 하지 않겠다고 약속할 수……."

나는 엄마가 말을 채 끝내기도 전에 자리에서 벌떡 일어났다.

"잠깐만."

나는 종종걸음으로 문 쪽으로 걸어가 아빠에게 손짓을 했다.

그는 마치 방패처럼 꽃으로 앞을 가린 다음 천천히 병실 안으로 들어왔다. 엄마는 심각한 눈빛으로 나를 뚫어지게 바라보았다.

"안녕하세요."

그는 엄마의 이불 옆에 꽃다발을 내려놓았다.

수술받은 지 얼마 되지 않아서 너무나 기운이 없었을 텐데도, 약 기운이 조금 남아 있어서였는지 엄마는 재빨리 몸을 움직여 아빠에게서 떨어졌다.

그는 엄마를 향해 손을 내밀며 말했다.

"존 존스입니다. 우린…… 전에도…… 만난 적이 있는 것 같군요."

엄마는 그가 내민 손은 아랑곳하지 않은 채 마치 유령이라도 보듯 그를 바라보았다. 그리고 그 놀란 눈빛은 곧 나를 향했다.

"이분은 누구니?"

엄마가 진지한 목소리로 물었다.

"이분은…… 아빠예요."

사실은 그가 아빠라고 '생각한다'고 말하고 싶었다. 하지만 나는 이 사람이 바로 아빠라는 걸 엄마에게 증명하고 싶었다. 사람들은 변하기 마련이다. 엄마가 그를 알아보지 못했던 이유는 여러 가지일 것이다. 하지만 그가 엄마의 빨간 자전거에 대해 이야기를 시작하면 엄마도 알아볼 수 있을 것이다. 존 존스는 흔한 이름이긴 하지만 노르웨이에서도 흔한 이름이라고는 할 수 없다. 사실 노르웨이에선 매우 희귀한 이름이다.

"바르트, 잠시 나와 얘기 좀 해야겠다."

엄마가 말했다.

존 존스는 멀뚱멀뚱 제자리에 서 있었다.

"이분이 꽃다발을 가져오셨어요."

"제가 잠시 자리를 피해 드릴까요?"

아빠는 문을 향해 고갯짓을 하며 물었다.

"네, 잠시만 나가 계세요."

엄마가 그에게 부탁했다.

존 존스는 병실 밖으로 나갔다. 나는 그에게 자리를 지켜 달라고 말하고 싶었다. 아빠라면 우리가 하는 이야기를 모두 들어도 상관없다고 생각했다. 그도 우리 가족의 일원이니까. 동시에 나는 이 모든 것이 엄마에겐 너무나 갑작스럽게 다가왔다는 걸 깨달았다. 아빠를 보면 기뻐할 것이라 생각했던 내가 바보 같았다. 특히 지금처럼 몸과 마음이 쇠약한 때는 더더욱 조심해야 했는데……. 생각해 보니, 두 사람에 대해 내가 아는 것은 하나도 없었다. 어쩌면 두 사람은 만날 때마다 말다툼을 했을지도 모른다. 존 존스가 다른 여자를 만나 엄마를 헌신짝처럼 버리고 떠났을지도 모르는 일이었다.

"이리 와 봐."

엄마는 이불을 손으로 가리키며 내게 말했다.

"여기 서 있어도 괜찮아."

"어디서 저 사람을 찾았니?"

엄마가 심각한 표정으로 물었다.

"인터넷에서."

"나도 언젠가는 네가 아빠를 찾아볼 것이라고 예상은 했어. 하지만 그런 일을 하기 전에 내게 먼저 말해 줄 거라고 믿었어. 그럼 난 잊어버리라고 말해 줄 작정이었거든."

"하지만 난 이미 아빠를 찾았는걸. 아빠는 지금 문 밖에 서 있어. 존 존스라는 사람이 문 밖에 서 있다고. 심지어 바구니가 달린 엄마의 빨간 자전거도 기억하고 있었어."

"네 아빠의 이름은 존 존스가 아냐."

"하지만 저분은 자기 이름이…… 아니, 잠깐만. 지금 뭐라고 했어?"

"네 아빠 이름은 존 존스가 아니라고 했어. 그 이름은 내가 지어 낸 거야."

별안간 병실 안이 너무나 비좁고 답답하게 느껴졌다. 나는 뒤쪽으로 한 발짝, 두 발짝 천천히 물러섰다.

"하지만 저분은…… 저분은……"

"솔직히 말하면, 난 네 아빠 이름을 기억할 수가 없어. 한창 술을 많이 마실 때라서……."

"엄마의 빨간 자전거도 기억하고 있던데……."

나는 힘없이 말했다.

"미안하지만 저 사람은 네 아빠가 아닌 것 같아."

엄마의 말은 메아리가 되어 내 머릿속을 헤집었다. '미안하지만'이라는 말은 마치 통통 튀는 공처럼 내 머릿속에서 이리저리 움직였다.

"내가 존 존스라는 이름을 둘러댔던 건, 그 이름이 외국인 이름이었기 때문이야. 혹시 네가 아빠를 찾아 나선다 하더라도 너무나 흔한 이름이기 때문에 금방 포기할 거라고 믿었지. 불행히도 난 네 아빠에 대해서 기억하고 있는 게 아무것도 없어. 바르트, 정말 미안하다."

"하지만 혹시라도……."

나는 말을 맺을 수가 없었다. 문 밖에 있는 사람이 내 아빠일 수 있는 확률은 너무나 적었기 때문에 계산해 볼 필요도 없었다. 그토록 작은 숫자는 아무도 관심을 보이지 않는다.

엄마는 미소를 지어 보려 안간힘을 쓰며 내게 한 손을 내밀었다. 뒷걸음질을 치던 나는 벽에 등을 부딪쳤다. 팔에 한기가 느껴졌다. 순간, 존 존스라는 남자도 한때 연애를 했던 여자들을 모두 기억하지는 못하는 슬픈 남자일 뿐이라는 생각이 들었다. 있을지도 모르는 아들을 찾았다고 생각했던 남자. 삶에 활력과 의미를 줄 수 있는 아들을 원했던 남자. 원했던 삶과는 다른 방향으로 흘러가는 삶을 살고 있는 남자.

나는 병실을 뛰쳐나왔다. 엄마는 힘없는 목소리로 나를 불렀다. 나는 존 존스 앞에서 발을 멈췄다.

"그동안 고마웠어요. 제 아빠가 되어 줄 수도 있다고 하셨지만, 제 아빠가 아니라고 하니 어쩔 수가 없겠어요."

나는 복도를 걷기 시작했다.

"하지만…… 그래도 너를 만나서 좋았어."

존 존스가 등 뒤에서 외쳤다.

"그리고 미안하지만…… 나도 네 엄마를 기억해 낼 수가 없었단다."

나는 계단을 뛰어 내려갔다. 할머니는 여전히 벤치에 앉아 있었다.

"이제 올라가셔도 돼요, 할머니."

"너는 어디 가는데?"

"학교에 갈 거예요."

"나랑 같이 간다고 하지 않았어?"

나는 이미 전철역으로 뛰어가고 있었다.

학교 운동장에 들어섰다. 여전히 오늘은 좋은 날이 될 수도 있을 것이라는 생각엔 변함이 없었다. 사실 그 어떤 날도 고통스러운 일만 일어나진 않는다. 곰곰이 생각해 보면 해결할 수 있는 일이 대부분이다. 비록 오늘이 나를 위한 날이 아니라 하더라도, 나는 마지막까지 희망을 잃지 않을 것이다. 반짝이는 황금은 찾지 못한다 해도 희귀하고 특이한 돌멩이 하나 정도는 찾아낼 수 있지 않을까.

거리에서 보았던 사람들은 하나같이 행복한 표정을 짓고 있었다. 축구 경기에서 이긴 사람도 있을 것이고, 정들었던 옛 친구를 만난 사람도 있을 것이고, 아빠를 찾은 사람도 있을 것이다.

운동장에는 개미 한 마리 보이지 않았다. 학교는 죽은 건물처럼 느껴졌다. 건물을 바라보면 바라볼수록 죽음에 대한 생각만 더욱 짙어질 뿐이었다. 이곳에 있으면 안 된다는 생각이 스쳤다. 이럴 바에야 병원에 있는 게이르를 찾아보는 것이 더 낫지 않을까. 만약 그가 아직도 살아 있다면 말이다. 이런 생각을 하니, 생각을 너무 많이 하면 우울해진다는 말도 일리가 있는 것 같았다.

"일찍 왔구나. 잘했어."

등 뒤에서 들리는 목소리였다.

몸을 돌리니 담임 선생님이 미소를 띤 채 서 있었다.

"어, 안녕하세요."

"목은 어때?"

"네, 좋아요."

"한 가지 궁금한 게 있는데 말야……."

선생님은 조심스레 말했다.

"시디에 녹음된 노래는 분명히 네가 부른 게 맞지?"

"네."

"좋아. 그냥 확인해 보고 싶었을 뿐이야. 넌 어제 총연습에도 오지 않았잖아."

"그런데 선생님…… 만약 제가……"

이번엔 내가 조심스레 말을 할 차례였다.

"응, 말해 봐."

"선생님은 복싱에 대해서 어떻게 생각하세요?"

"복싱? 난 복싱에 대해선 별 생각이 없어. 그다지 반대하는 입장도 아니고……. 그런데 그건 갑자기 왜 묻니?"

"그건……"

순간, 주머니 속에 있던 휴대폰이 울리면서 부르르 떨기 시작했다. 휴대폰을 꺼내 확인해 보니 크리스티안이었다.

"죄송합니다, 꼭 받아야 하는 전화라서요."

나는 선생님에게서 몇 발짝 떨어진 곳으로 가며 말했다. 선생님은 고개를 끄덕이며 건물 안으로 들어갔다.

"여보세요, 바르트입니다."

"안녕, 바르트. 잘 지내니? 지금 어디야?"

"지금 학교에 있어."

"좋아, 아주 좋아. 그런데 말야……"

그가 잠시 머뭇거리더니 조심스레 말을 이었다.

"생각지도 않았던 일이 생겼어."

"무슨 일?"

"로베르트가 가족 극장인가 뭔가 하는 데 참석해야 된대. 복싱 시범 경기를 나 혼자 할 수는 없잖아?"

"그렇지만…… 그렇지만 너희들이 없으면 난 아무것도 못 하는데 어떡해?"

"이번 일은 정말 미안해. 참, 만약 누가 너를 괴롭히면 주저 말고 내게 연락해. 내가 본때를 보여줄게. 그건 약속할 수 있어."

입이 바짝바짝 마르기 시작했다. 만약 내게 엄청나게 많은 돈이 있다면 크리스티안에게 그 돈을 다 주고서라도 데려오고 싶었다.

"하지만, 크리스티안……"

"참, 난 오늘 데이트가 있어."

"아, 알았어. 할 수 없지, 뭐."

우리는 작별 인사를 나누고 전화를 끊었다. 텅 빈 교정이 나만의 나라처럼 느껴졌다. 거리에서 차 소리가 들려왔다. 인도에서는 사람들의 말소리가 들려왔다. 저 멀리서 무언가 큰 소리로 외치는 아이들의 목소리도 들렸다. 내가 서 있는 이곳, 이 이상한 나라의 국민은 나 혼자뿐이라는 생각이 들었다.

그 어떤 작은 나라라도 홀로 살아갈 수는 없는 법.

학교 건물을 올려다보았다. 내가 기억하고 있던 건물보다 훨씬 크게 보였다. 난 이 학교를 결코 좋아할 수가 없다. 필요 없이 크기만 하고 내겐 방해만 된다.

나는 운동장을 가로질러 선생님이 열고 들어간 그 문으로 들어섰다. 복도를 지나 텅 빈 계단 위에 선 나는 창문을 활짝 열었다. 아래쪽의 거리에는 한 아기 엄마가 유모차를 끌며 걷고 있었다. 남자애들 몇 명이 자전거를 타고 교문 쪽으로 오고 있었고, 지팡이를 짚은 노인이 가게 안으로 들어서는 중이었다.

숨을 깊이 들이마셨다. 아주 깊이. 노래는 몸속의 가장 깊은 곳에서부터 나와야 한다. 목을 통해 소리가 흘러나오기 시작했다. 귀가 아플 정도로 큰 소리였다. 길을 가던 사람들이 학교 쪽으로 고개를 돌렸다. 그들은 창가에서 노래를 부르고 있는 나를 발견했다. 나는 목청껏 노래를 불렀다. 음이 살짝 거칠어지기 시작했다. 그 순간, 눈 깜짝할 사이에 음정은 흩어지기 시작했고, 소리는 날카로운 칼로 난도질을 당한 듯 심하게 흔들렸다.

자전거를 타던 남자애들이 웃음을 터뜨렸다. 유모차를 끌던 아기 엄마는 종종걸음으로 가던 길을 갔다. 지팡이를 짚은 노인만이 길에 우두커니 서서 소음 공해에 견줄 만한 내 노래를 듣고 있었다. 나는 노래를 멈췄다. 노래를 계속할 이유도 없었다.

"바르트."

너무나 익숙한 목소리가 등 뒤에서 들려왔다.

"네."

나는 뒤도 돌아보지 않고 대답했다.

"네가…… 네가 노래 부르는 것을 들어봤는데."

선생님이 말했다.

"네……."

"학예회의 마지막 무대를 장식하는 건 좀 무리일 것 같구나."

"그럴 것 같아요."

"괜찮아. 우린 지금까지 연습해 온 대로 하면 되니까. 그래도 학예회를 무사히 마칠 수 있을 거야."

"시디에 녹음된 노래는 정말 제가 부른 거예요."

"그래. 하지만…… 오늘은 사람들도 많이 올 거고……."

"저는 학예회 무대에 서지 않아도 돼요."

선생님은 내 곁으로 다가와 어깨에 손을 얹었다. 어른들이 위로를 해 줄 때면 흔히 하는 행동이었다. 하지만 지금은 선생님의 커다란 손이 아무런 위로도 되어 주지 못했다. 나는 몸을 움찔하며 한 발짝 뒤로 물러섰다. 그러자 선생님은 얼른 손을 거두었다.

"네가 무대에 설 수 없는 그럴 듯한 이유를 생각해 볼게. 그러면 모인 사람들도 이해할 거야. 내게 맡겨. 아무도 불쾌해 하지 않을 테니까 걱정 마."

나는 창문을 닫고 몸을 돌렸다. 순간, 선생님의 뒤에 서 있는 아다를 발견했다. 아다는 너무나 슬픈 표정을 짓고 있었다. 마치 형언할 수 없는 불행한 일이라도 생긴 듯. 나는 아다가 불행해 하는 것이 나 때문이라고 생각했다. 나는 사람이 아니라 칫솔과 욕실의 선반 앞에서만 노래를 할 수 있는 아이다.

아다가 내 곁으로 다가와 손을 잡았다.

"혹시 너희들……?"

선생님이 물었다.

우리는 동시에 힘껏 고개를 저었다.

"노래를 해 봐."

아다가 나직하게 말했다.

"눈을 감고."

아다의 손은 따뜻했다. 두 눈을 감자 갑자기 선생님은 그 자리에 없는 것처럼 느껴졌다. 곁에 서 있던 아다가 '잘 될 거야.'라고 속삭였다고 느꼈지만 확신할 수는 없었다. 잘못 들었을 수도 있으니까.

"이건…… 아니, 이 상황은, 도대체……"

나는 선생님의 목소리에 아랑곳하지 않고 숨을 깊게 들이마신 후, 1초, 2초, 3초 동안 기다렸다. 호흡을 고르는 동안 이 또한 나쁘진 않다는 생각이 들기 시작했다. 나는 스트레스를 잔뜩 받은 선생님 앞에서도 아니고, 우리 집 욕실도 아닌, 수많은 사람들이 보고 있는 무대 위에 서 있다고 상상했다. 그리고 노래를 부르기 시작했다.

내게서 소리가 흘러나오기 시작했다. 그 소리는 마치 내 머리를 감싸고 있는 헬멧처럼 느껴졌다. 아다는 내 손을 더욱 힘주어 잡았다. 나는 아다가 기뻐한다고 짐작했다. 내 목소리는 환상적이었다. 허공을 가르는 청아한 목소리. 나는 온몸에서 진이 빠질 때까지 노래를 불렀다.

홀로.

무대 위에서.

노래를 다 부르고 나니 숨이 가빠졌다. 아다는 그제서야 내 손을 놓았다. 눈을 떴다. 갑자기 스며든 빛에 눈이 아팠다. 선생님이 내게서 너무나 가까운 곳에 서 있어서 그의 체취까지 맡을 수 있을 정도였다.

"정말…… 정말…… 이건…… 아, 이건……"

선생님은 말을 더듬으며 끝까지 맺지 못했다.

"정말 환상적이었어."

아다가 속삭였다.

"그래, 맞아. 정말 환상적이었어. 긴장되니?"

선생님이 물었다.

"사람들 앞에서 노래를 불러 본 건 난생처음이에요."

"무대 위에서도 노래를 할 수 있겠니? 만약 아다가 네 손을 잡아 준다면……?"

나는 아다의 따스한 손만 있다면 무엇이든 할 수 있다고 대답하고 싶었지만, 차마 입 밖으로 내진 못했다.

"잘 모르겠어요."

"알았어. 그렇다면 방법을 좀 바꿔 볼게. 한번 해 볼까? 어때?"

"무대 위에서도 제가 아다의 손을 잡고 노래를 부른다면 이상하게 보이지 않을까요?"

나는 아다를 바라보며 말했다.

"그럴 수도 있겠지……."

선생님은 관자놀이를 문지르며 상기된 표정으로 무언가를 곰곰이 생각했다.

"하지만 우리에겐 막으로 사용하는 커튼이 있잖아. 좋은 생각이 떠올랐어. 한번 들어봐. 너는 무대의 커튼 뒤에 서서 아다의 손을 잡고 노래를 부르는 거야. 그럼 청중을 볼 필요도 없잖아. 대신 우리는 네가 노래를 하는 동안, 그동안 무대에 섰던 출연자들을 하나씩 내보내서 인사를 시키는 거야. 그리고 마지막에…… 네가 노래를 거의 끝낼 무렵에 커튼을 올리면 돼. 어때? 꽤 좋은 생각이지? 그렇게 하면 극적인 효과도 더 커질 거야. 아무도 예상치 못했던 일이 마지막 순간에 벌어지는 셈이니까."

부정적인 생각을 하면 삶이 나아질 리가 없다. 나는 긍정적이고 낙관적인 태도를 지니면 결국엔 아무리 힘든 일도 이겨낼 수 있다고 생각한다. 지금 이 순간도 마찬가지였다. 어느새 노래를 할 수 있다는 자신감이 스멀스멀 생겨났다. 일이 잘못될 거라는 생각을 아예 하지 않는다면 그런 일이 일어날 확률도 줄어들지 않을까?

이런 생각은 좀 이상하기도 하지만 꽤 논리적으로 들리기도 한다.

"좋아요."

갑자기 선생님이 나를 꼭 껴안았다. 기분이 이상했다. 선생님은 얼른 나를 껴안았던 팔을 풀고는 멋쩍은 듯 종종걸음으로 계단을 내려갔다.

"언뜻 봤는데 선생님이 눈물을 흘리는 것 같았어."

아다가 나직하게 말했다.

학예회 직전의 무대 뒤는 난장판을 방불케 했다. B반 아이들이 마지막으로 무대 위에서 연습을 하는 동안, 우리 A반 아이들은 삼삼오오 모여서 이야기를 나누었다. 땀을 흘리는 아이, 노래를 부르는 아이, 혼자서 열심히 연습을 하는 아이. 나는 책상 가장자리에 걸터앉아 아무것도 하지 않았다. 분위기는 점점 고조되었다. 긴장감을 없애려 손을 비비는 아이들도 있었다. 나는 그런 아이들과 동떨어진 전혀 다른 세상에 있는 것 같았다. 오랫동안 한기에 몸을 떨던 사람들도 죽기 직전에는 몸이 더워진다고 했던가. 내가 바로 그런 사람이 아닐까. 마지막 순간을 코앞에 둔 사람. 긴장감 때문인지 내 느낌과 감정이 무뎌지는 것 같았다. 나는 심호흡을 하고 침을 꿀꺽 삼키고는 두 손을 맞잡고 조용히 앉아 있었다. 나는 그곳의 분위기와 어울리지 않는다는 생각이 점점 강하게 들었다.

아다는 민소매 티셔츠와 반바지를 입고 힙합 댄스를 할 예정이었다. 베르트람은 목에 셀 수 없이 많은 사슬 목걸이를 하고 왔다. 아우구스트는 내게 다가와 인사를 건넨 후 목은 좀 어떠냐고 물었다.

"나쁘지 않은 것 같아."

"기대할게."

"나도 기대할게. 그런데 넌 뭘 할 생각이니?"

"가브리엘, 요니와 함께 스탠드 업 코미디를 할 거야."

선생님은 발갛게 상기된 얼굴로 아이들에게 이미 한 질문을 몇 번이나 되풀이해서 던졌다. 무대 조명과 음향을 맡은 아이들에게도 몇 번이나 확인을 했고, 무대 막 사이로 틈틈이 청중들을 훔쳐보기도 했다.

왜 난 아직도 가슴속의 불길을 느낄 수 없는 걸까? 여전히 두 팔과 두 다리를 자유자재로 움직일 수 있다는 게 이상하게 생각되었다. 내 입은 사하라 사막보다 더 바짝 말라 있었다. 단 한 가지 확실한 사실은, 이쯤 되면 난 죽을 정도로 긴장이 되어 어쩔 줄 몰라해야 한다는 것이다. 내가 무대 위에 선다는 건 있을 수 없는 일이고, 조금 전 계단 위에서 있었던 마법 같은 일이 다시 일어난다는 보장도 없으므로 나는 지금 숨이 막힐 정도로 두려움에 떨어야 한다는 것이었다.

엄마가 다시 건강해지고, 게이르가 목숨을 건질 수만 있다면 이런 일은 긁힌 상처처럼 아랑곳하지 않고 넘길 수 있다. 통증도 느낄 수 없고 피도 나지 않는 그런 조그만 상처 말이다.

어쩌면 그럴지도 모른다. 따지고 보면 난 지금까지 이보다 더 중요한 일을 수도 없이 겪었다.

아이들을 바라보았다. 연습에 집중하고 있는 아이, 옆 사람과 농담을 하며 웃는 아이. 거의 대부분이 누군가와 대화를 하고 있었다. A반 아이들은 마지막 프로그램이 조금 바뀌었다는 소식을 전해 들었다. 선생님은 출연자들 모두를 줄을 세운 다음 시키는 대로 해야 한다고 신신당부했다. 마지막 프로그램이 약간 변경된 이유를 묻는 아이는 아무도 없었다. 모두들 이런 경우엔 마지막 순간에 뭔가 조금 바뀌는 게 당연하다고 생각하고 있는 걸까?

그것은 한 번밖에 경험할 수 없는 학예회였으며, 세상의 종말이기도 했다.

휴대폰이 소리 없이 부르르 떨렸다. 전화를 받을 만한 상황은 아니었지만, 나는 개의치 않았다.

"안녕, 존 존스야."

"아, 안녕하세요."

그가 헛기침을 했다.

"생각해 봤는데…… 언제 한번 같이 자전거 여행을 떠나는 것도 좋을 것 같아서 말야."

나는 자전거 타는 법을 배운 지 얼마 되지 않았다고 고백하는 대신 그가 한 말을 되풀이했다.

"자전거 여행이라고요?"

"아니면 그 비슷한 거라도……."

"그 비슷한 거……."

"응, 우리가 같이 뭔가를 해 보는 것도 좋지 않겠니? 난 비록 네 아빠는 아니지만…… 그렇게 하면 나이스할 것도 같아서 말야."

나는 대답하지 않았다.

"싫으면 싫다고 말해도 돼. 난 괜찮으니까."

전화기에서 지직지직 하는 소리가 들렸다. 무대 뒤의 목소리와 음악 소리들이 나를 휘감았다. 몇 초나 흘렀을까.

"알았어. 괜찮아."

존 존스가 말했다.

나이스. 나는 그가 한 이 한마디를 머릿속에서 지울 수가 없었다.

"잠시였지만 너를 알게 돼서 기뻤다."

그가 말했다. 이제 곧 전화를 끊을 것 같았다.

"나이스!"

나도 모르게 크게 말해 버렸다.

"뭐라고?"

"나이스라고요."

"아, 그거, 그건…… 맞아."

"아저씨는 제 아빠가 될 수 없어요."

"그건 나도 알지."

"하지만…… 아저씨랑 친구로 지낼 수 있다면 참 나이스할 것 같아요."

"난 카페나 극장, 놀이동산에 가는 걸 좋아해."

"저도 그런 걸 좋아하는 것 같아요. 단지 지금까지 자주 해 본 일이 아니라서……."

"사실은 나도 놀이동산에 가 본 적은 없어. 언제 한번 같이 자전거를 타고 놀이동산에 가 보는 건 어때? 전화해도 되겠지? 오케이?"

"오케이!"

"오늘 하는 공연에 행운을 빌게."

"고맙습니다."

내게도 희망이라는 것이 생겼다는 느낌이 들었다. 오늘은 여전히 내 일기장에 최악의 날과는 거리가 먼, 그럭저럭 평범한 날로 기록될 확률이 높다. 먼 훗날 요양원에 가서도 기억할 수 있는 그런 날 말이다. 물론 아주 열심히 기억을 되살리려고 애를 써야겠지만.

B반 아이들의 공연이 끝나자 청중들은 발까지 구르며 환호를 보냈다. 이젠 A반 차례였다. 마술을 하는 아이, 춤을 추는 아이, 요요 기술을 보여주는 아이 등, 프로그램은 꽤 다양했다. 아우구스트 팀의 코미디에 청중들은 턱이 빠지도록 웃어댔다. 나는 무대 뒤 책상 위에 걸터앉아, 긴장된 모습으로 무대에 나갔다가 기쁜 얼굴로 돌아오는 아이들을 보았다. 선생님의 얼굴에선 환한 미소가 떠나지 않았다. 우리는 B반과는 비교할 수 없을 정도로 수준 높은 프로그램을 보여주고 있는 게 틀림없었다.

"정말 재밌었어."

무대에서 춤을 춘 아다가 숨을 헐떡이며 말했다.

"미안해. 네가 춤추는 걸 못 봤어."

나는 아다가 나를 자신만 생각하는 이기적인 사람이라고 할까 봐 걱정되었다.

아다가 그런 말을 한다면, 나는 그것을 인정할 수밖에 없다. 친구라면 당연히 아다가 무대 위에서 춤추는 모습을 지켜보고, 무대 뒤로 돌아오면 진심 어린 칭찬을 해 주어야 맞다. 난 도대체 어떤 친구일까?

"조금 긴장하는 건 오히려 도움이 된다는 말을 들은 적이 있어. 힘을 더 낼 수도 있고 집중도 더 잘 된대."

아다가 말했다.

"무대 위에서 큰 실수를 하는 사람들은 대부분 긴장감을 느끼지 못해서 그런 거야. 넌 지금 좀 긴장되지? 그렇지?"

"글쎄…… 잘 모르겠어."

"잘될 거야. 걱정 마."

문득 아다가 화장을 했다는 걸 깨달았다. 나는 지금껏 화장한 아다의 얼굴을 본 적이 없었다. 입술은 여느 때보다 훨씬 붉었고, 두 눈 주위에는 어둑어둑한 색이 칠해져 있었다. 피부는 평소보다 더 매끈해 보였다. 마치 성인이 된 아다의 모습을 사진으로 보는 것 같았다. 여자애들은 무서운 존재다. 예쁘고도 무서운 존재.

"5분 남았다."

선생님이 곧 무대 위에 오를 베르트람을 향해 뛰어가며 내게 말했다.

아다는 계속 내 곁에 있었다. 시간은 계속 흘렀다. 선생님이 1분 남았다고 말하는 순간, 다른 아이들은 어디 있는지 알 수가 없었다.

몸을 일으켰다. 격전의 순간이 온 것이다. 나는 정상적으로 숨을 쉬어 보려고 무진 애를 썼다. 그때서야 내가 긴장하고 있다는 걸 느낄 수 있었다. 잘될 거야. 다 잘될 거야.

막 무대 뒤에 자리를 잡고 서려는데, 선생님이 내게 뛰어왔다.

"바르트! 문제가 생겼어!"

내 삶의 마지막 장

(걱정할 필요는 없어요. 내가 죽을 리는 없으니까)

아이들은 베르트람을 둘러싸고 그의 등을 두드려 주었다. 무대 위에는 여자애 두 명이 비욘세(Beyonce, 미국의 팝 가수) 노래에 맞춰 춤을 추고 있었다. 선생님은 내게 무언가를 열심히 설명하고 있었다. 나는 선생님의 말을 잘 이해한 건지 확신할 수가 없었다. 하지만 대충 그게 무슨 뜻인지는 알 수 있을 것 같았다.

"이제 어떻게 하지?"

선생님이 물었다.

마치 내가 이 위기를 극복할 수 있는 묘안을 가지고 있기라도 하듯 말이다.

"어…… 저도 잘 모르겠어요."

무대 위의 커튼이 움직이지 않았다. 수위 아저씨가 미리 손을 봤어야 했는데 깜박 잊은 모양이었다. 무대의 커튼을 움직이는 기계는 이미 몇 년 전부터 고장 나 있었다. 언젠가는 일어날 일이었다. 커튼은 제자리에서 꿈쩍도 하지 않았다.

"좋아, 좋아."

선생님은 얼굴을 문지르며 말했다.

"어떻게든 해결해 보도록 하자."

무대 위의 여자애들은 노래의 마지막 소절을 춤추고 있었다.

"우리 모두 무대 위에 함께 서는 건 어때요?"

아다가 제안했다.

"전 괜찮아요."

우리 반 아이들이 나를 둘러쌌다. 그들은 내가 노래를 시작하면 한 명씩 차례차례 무대 가장자리로 올라갈 계획이었다. 모두들 나를 바라보았다. 최종 결정을 할 사람은 나였다.

나는 벽돌처럼 무거운 침을 꿀꺽 삼켰다.

청중들의 박수 소리가 들렸다. 춤을 춘 여자애들이 무대 뒤로 내려왔다. 나는 아이들과 눈을 마주칠 수가 없었다. 내 눈앞은 마치 짙은 안개가 낀 듯 흐릿하기만 했다. 아이들은 형체를 알 수 없는 무더기처럼 보였다. 하지만 말을 시작하니 이상하게도 내 목소리가 또렷하기만 했다.

"한번 해 볼게요."

아다는 내 손을 힘주어 잡았다.

"혼자서!"

아다가 얼른 내 손을 놓았다.

"정말 할 수 있겠니?"

선생님이 걱정스럽게 물었다.

"지금 여기 서서 언제까지나 의논만 하고 있을 수는 없잖아요?"

"좋아. 음악을 틀어!"

선생님이 혼잣말처럼 나직하게 중얼거렸다.

"오, 하느님, 우리를 도와주소서!"

누군가 내게 마이크를 건네주었다. 나는 무대를 향해 세 발짝 나섰다. 너무나 많은 청중들의 모습에 숨이 막힐 것만 같았다. 그들의 눈동자는 내게 고정되어 있었다. 제일 앞줄에 앉아 있는 할머니가 눈에 띄었다. 할머니는 두 손을 맞잡고 긴장된 미소를 짓고 있었다. 할머니도 선생님과 마찬가지로, 내가 가문의 이름을 더럽히지 않도록 해 달라고 기도하는 것만 같았다.

스피커에서 음악이 흘러나왔다. 일이 잘못될 것이라는 생각을 하면 안 된다는 것쯤은 알고 있었다. 그럼에도 나는 곧 청중들의 귀에 날카로운 칼날을 들이댈 것 같은 생각을 지울 수가 없었다.

때는 늦었다. 이미 해 버린 생각을 되돌릴 순 없는 법.

두 눈을 감을 필요도 없었다. 이미 나를 뚫어지게 바라보고 있는 사람들의 얼굴을 모두 봐 버렸으니까. 다행히 무대 조명이 환하게 불을 밝히자 눈이 부셔 청중들의 얼굴을 볼 수 없었다. 몇 박자 후에 노래가 시작되었다. 나는 내 입을 통해 세상에서 가장 아름다운 소리가 나올 것이라고 생각했다.

순간, 아빠가 눈에 들어왔다. 존 존스가 아니라 진짜 내 아빠 말이다.

그는 청중석에 홀로 앉아 내가 노래를 시작하기만 기다리고 있었다. 아빠는 미소를 지으며 내게 용기를 북돋아 주었다. 아빠는 두 손을 꽉 맞잡고 있지도 않았고, 너무나 자연스럽고 편한 자세로 앉아 있었다.

나는 아빠를 위해 노래를 부르고 싶었다.

크게 심호흡을 하고 입을 벌렸다.

눈을 뜨니 나는 바닥에 누워 있었다. 천장의 조명 장치가 눈에 들어왔다. 주변은 무척 소란스러웠다. 누군가가 나를 부축해 일으켜 주었다. 나는 계속 바닥에 누워 있고 싶었지만 모른 척 일어났다. 바닥에 누워 있는 것이 더 편안할 것이라고 생각하면서.

아빠는 사라졌다. 청중석은 조금 전과 마찬가지로 낯선 얼굴들이 가득 채우고 있었다. 모두들 일어서 있었다. 내게 무슨 일이 일어났는지 보기 위해 자리에서 일어난 것일까? 그런데 왜 나는 바닥에 누워 있었을까? 잠깐 정신을 잃었던 것일까? 공연을 망친 것은 아닐까?

모두들 내가 이미 수백 번은 더 보았던 익숙한 모습으로 열심히 손뼉을 치고 있었다. 내가 정신을 차렸기에 격려해 주려고 박수를 치는 걸까?

"해냈어! 바르트! 넌 해냈어!"

선생님이 귀에 대고 소리치는 바람에 귀가 먹먹해졌다.

내가 뭘 해냈다는 걸까?

우리 반 아이들은 나와 함께 무대에 섰다. 모두들 허리를 굽혀 청중석을 향해 인사를 했다. 나는 머리를 숙이다가 균형을 잃고 바닥에 다시 넘어질 뻔했다. 다행히도 누군가가 나를 잡아 주었다. 할머니는 마치 록 콘서트에 온 것처럼 큰 소리를 지르며 환호했다. 쑥스럽기도 하고 자랑스럽기도 했다.

우리는 무대 뒤로 나갔다가 다시 무대 위로 되돌아왔다. 선생님은 눈물을 흘리고 있다는 걸 숨기려 하지도 않았다. 마침내 무대 인사가 끝나자 선생님이 우리를 한자리에 모았다.

"오늘 무대는…… 교사라는 직업을 가진 이래 가장 감동적인 무대였다. 모두 여러분들 덕분이다. 고맙다."

선생님은 떨리는 목소리로 울먹이며 말했다.

말을 마친 선생님은 나를 힘껏 껴안아 주었다. 오직 나만. 아주 오랫동안.

나는 선생님이 소맷자락으로 눈물을 훔칠 때를 이용해 조심스레 선생님의 팔에서 빠져나왔다. 아다는 내 뒤를 졸졸 따라오며 코웃음을 쳤다.

"우리 선생님의 겨드랑이 냄새를 너처럼 오래 맡아 본 아이도 없을 거야."

"아다……."

나는 걸음을 멈추고 물었다.

"내가 노래를 웬만큼 했니……?"

"응, 아까 계단 위에서 할 때보다 훨씬 더 잘했어. 너도 들었으니까 알잖아?"

"난…… 솔직히 내가 무대 위에서 노래를 어떻게 했는지 기억이 안 나. 기억나는 건 단지 청중석에 우리 아빠가 혼자 앉아 있었다는 것밖에 없어."

"바르트, 너 그거 아니? 너랑 같이 있으면 지루할 틈이 없어서 좋아."

아다는 강당 밖으로 나를 잡아끌었다. 밖으로 나오니 전혀 모르는 사람들도 내게 다가와 칭찬을 해 주었다.

"지금은 즐기기만 하면 돼."

아다가 내 귓전에 대고 속삭였다.

"오늘의 슈퍼 스타는 바로 너니까."

창밖으로 별똥별 하나가 떨어지고 있었다. 그건 지나가던 비행기일 수도 있고, 유에프오일 수도 있다. 그래도 난 상관없었다.

나는 쉴 새 없이 칭찬을 늘어놓는 할머니와 함께 집으로 향하는 계단을 올라갔다. 우리 집 현관문 앞에 누군가가 앉아 있었다. 그것을 본 할머니는 겁에 질려 내 팔을 잡아당겼다.

"조심해."

너덜너덜한 티셔츠를 입고 무릎에 얼굴을 묻고 있는 남자를 보니 누군지 알 것 같았다. 그가 숨을 쉬고 있는지는 확실하지 않았지만, 나는 할머니의 손을 뿌리치고 그에게 다가갔다.

"게이르? 게이르 아저씨?"

그는 고개를 들고 충혈된 눈으로 나를 바라보았다.

"오, 안녕. 잘 있었어?"

"괜찮아요? 어떻게 된 거예요?"

나는 몸을 굽히며 물었다.

"어…… 그럭저럭."

"지금 병원에 계셔야 하는 거 아닌가요?"

"병원은 내가 있을 곳이 못 돼."

할머니는 이맛살을 찌푸리며 우리를 바라보았다.

"안으로 잠시 들어가실래요?"

"바르트!"

등 뒤에서 할머니의 엄한 목소리가 들렸지만 나는 개의치 않았다.

"밖에 이렇게 앉아 계시면 안 돼요."

"아냐, 괜찮아. 지하실 쪽에 내 자리가 있으니까. 사실은 이걸 전해 주려고 널 기다리고 있었어."

그는 비닐봉지 하나를 내게 내밀었다. 봉지를 열어 보니 검은색 상자가 들어 있었다.

"꺼내 보지 않아도 돼. 그건 우리 아버지가 내게 물려준 시계란다. 롤렉스 오이스터 크로노그래픽 안티마그네틱Rolex Oyster Chronographic Antimagnetic. 1952년에 제조된 거야. 뒤편을 보면 글자도 새겨져 있어."

"그런데 이 귀한 물건을 왜 제게 주시는 거예요?"

"왜냐하면 그건 꽤 값이 나가는 물건이거든."

"그렇지만…… 그렇지만 아저씨도 돈이 필요하잖아요?"

"맞아. 그걸 팔면 한동안 걱정 없이 먹고 살 수 있을 거야. 난…… 내게 돈이 생기면 또 마약을 살 것 같아서 말야. 네가 그걸 팔아서 써라. 네 엄마와…… 그리고 여기 계시는 할머니와…… 함께 다른 곳으로 이사 가는 데 보태도 좋을 거야. 넌 이런 곳에서 살면 안 돼."

"그럴 수는 없어요."

게이르가 몸을 일으키려 했다.

"그렇게 보고만 있지 말고 좀 도와줘, 젠장. 온몸이 뻣뻣하게 굳어서 움직일 수가 있어야지……."

나는 그의 겨드랑이 밑에 팔을 집어넣고 일으켜 주려다가 그의 머리 위로 넘어질 뻔했다. 그래도 바로 게이르를 일으켜 줄 수 있었다. 그는 중심을 잡지 못하고 비틀거렸다.

"무슨 말을 해야 할지 모르겠어요."

나는 비닐봉지를 보며 말했다.

"말을 많이 할 필요는 없어. 고맙다는 말 한마디면 충분하니까."

"고맙습니다."

"그 정도야 뭐. 바르트. 너는 커서 나 같은 사람이 되지 않기를 바라."

"약속할게요."

그는 비틀거리며 복도를 걸어 나가 자취를 감추었다.

"누구니?"

할머니가 물었다.

갑자기 그건 지금까지 생각해 본 적이 없다는 걸 깨달았다. 하지만 게이르를 설명할 수 있는 말은 딱 하나였다.

"저랑 가장 친한 친구예요."

살다 보면 가끔 아주 중요한 결정을 내려야 할 때가 있다. 이게 그 중요한 결정 중 하나인지는 알 수 없다. 나는 복싱을 그만두기로 마음먹었다. 앞으로 9,960시간 동안 복싱 훈련을 할 자신도 없었다.

지금까지 나는 욕실 안에서 약 500시간 정도 노래 연습을 해 왔다. 9,500시간은 9,960시간보다 훨씬 더 적지 않은가. 욕실에는 작은 창이 하나 있다. 내일은 그 창을 열어 놓고 노래 연습을 해 볼 생각이다.

나는 병실에서 자고 있는 엄마 옆에 걸터앉았다. 엄마는 말울음 소리를 연상시키는 소리를 내더니 고개를 살짝 돌렸다. 엄마가 깨어나면 나는 학예회에서 있었던 일을 이야기해 줄 생각이었다. 하지만 게이르가 준 시계 이야기를 하면 엄마가 화를 낼 것 같았다. 당장 돌려주라고 할 것이 분명했다. 나는 엄마 말이 맞다는 걸 잘 알고 있다. 인터넷을 찾아보니 시계를 수집하는 외국인들 중에는 그 시계를 갖기 위해 50만 크로네 정도는 선뜻 지불하는 사람도 있다고 했다. 내가 어른이 된 후 그 돈을 게이르에게 되돌려주면 되지 않을까? 만약 그가 지금 마약에서 손을 뗀다면 여든까지도 살 수 있을 것이다.

진동으로 맞춰 놓은 휴대폰이 부르르 떨었다. 나는 병실 밖으로 나가서 전화를 받았다. 아다였다.

"바르트의 살아 있는 음성 사서함입니다."

"안녕. 지금 뭐해?"

"병원에 있어. 엄마는 지금 주무셔."

"엄마는 좀 어떠시니?"

"많이 회복하신 것 같아."

"반가운 소식이구나. 그건 그렇고, 오늘 저녁 나랑 같이 극장에 가지 않을래?"

"그럴까?"

"콜로세움 극장에 이인용 소파 좌석을 예약해 놓을까 해서. 가장 뒷줄에 있는 좌석이야. 저녁 6시 30분에 빈자리가 있대."

미소를 지을 때면 하얀 이가 예쁘게 드러나는 아다에겐 남자친구가 있다. 아다의 남친은 다른 도시에서 중학교에 다니고 있다. 아다는 예전에 남친이 있다고 자주 이야기하곤 했다.

"그…… 그러지, 뭐."

"좋아, 그럼 좌석을 예약해 놓을게."

"그럼…… 그건……."

"그래, 너도 그렇게 생각하지? 지금 예약할게. 전화 끊어. 안녕."

병원 복도에 서 있던 나는 그간 몇 센티미터 정도 훌쩍 커 버린 것 같은 느낌이 들었다. 그러고 보니 지금 내게는 맞는 옷이 없다.

그렇다. 살다 보면 얼마든지 경험할 수 있는 일이다.

단지, 그동안 나는 이런 일은 내게 일어나지 않을 것이라 믿어 왔을 뿐.

옮긴이의 말

이 책은 제가 처음에 그냥 읽을 때도 그랬고 번역을 하면서도 그랬지만, 정말 재미있었습니다. 그냥 재미있는 게 아니라 인간으로서 느낄 수 있는 온갖 감정을 경험했습니다. 안타깝기도 하고 슬프기도 하고 웃음이 나오기도 하고 조마조마한 마음으로 지켜보기도 했습니다. 그래서 여러 일정상 바쁘게 번역을 끝내야 했는데도, 아끼면서 읽었습니다.

내 이웃집 어딘가에 살고 있을 것 같은 아이, 바르트.

바르트에게 가장 먼저 발견하는 점은 이 아이가 어떤 어려움이 닥쳐도 유머를 잃지 않는다는 것입니다. 그것은 아마도 어린 소년이 홀로 견뎌내기에 힘겨운 환경에 짓눌리지 않기 위한 무기이자 방패였겠지요.

"살다 보면 어떤 일은 이유를 따지지 말고 받아들여야 할 때도 있는 것이다."

언뜻 체념하는 말처럼 들리지만 사실은 어떤 상황에서도 자신의 처지를 비관하거나 원망하지 않고 있는 그대로 받아들이며 꿋꿋하게 나아가는 바르트의 속 깊은 마음가짐입니다. 열세 살 소년의 힘으로 바꿀 수 있는 현실이 아니니까요. 그러면서 바르트는 자신이 할 수 있는 일을 합니다. 이를 테면 아파트 복도와 계단을 깨끗하게 하는 청소 품앗이 같은 것.

바르트의 세계에는 고도 비만에 알코올 중독 증세를 보이는 어머니를 비롯해 반 친구를 왕따시키는 아이들도 있고 마약을 하는 어른들도 있습니다. 하지만 바르트는 그들을 머리끝부터 발끝까지 나쁜 사람으로 몰거나 싸워서 이겨야 할 적으로 생각하지 않습니다.

바르트의 엄마는 체구도 작고 나약해 보이는 아들을 위해 복싱을 권하고, 바르트는 상대를 때리거나 힘으로 제압할 생각이 전혀 없음에도 엄마를 안심시키기 위해 '때리지 않는 복싱' 연습을 계속합니다. 그러면서 좀처럼 알코올에서 벗어나지 못하는 엄마를 이해하려는 무한한 노력을 합니다. 어떠한 경우에도 엄마는 착한 사람이고 자신을 사랑한다는 것을 잊지 않으려 합니다. '곁에 있어주는 것만으로도 세상에서 가장 좋은 엄마가 될 자격이 있다'고 생각합니다.

바르트의 짝 아다는 쾌활하고 도전적인 친구지만 '어딘가 살짝 새는 물통'처럼 비밀을 지키기 어려운 탓에 바르트를 곤경에 빠뜨리기도 하고, 돌발적인 행동으로 바르트와 독자들을 당혹스럽게 만듭니다. 하지만 특유의 당돌함으로 바르트를 무대로 이끌고 노래를 부를 용기를 주는 아다를 보면 입가에 미소를 짓지 않을 수 없습니다.

바르트는 웬만해선 마음을 열고 친구가 되기 힘든 게이르 같은 사람도 편견 없이 대하고 마음 깊은 곳의 진심을 이끌어냅니다. 그래서 게이르처럼 오래된 나쁜 습관을 끊고 이전과는 다른 삶을 살고 싶고, 지금보다 더 나은 사람이 되고자 하지만 번번이 실패하는 사람에 대한 연민을 갖게 합니다.

바르트의 일상에서 빼 놓을 수 없는 중요한 과제인 '아빠 찾기'는 안타까

움과 웃음을 동시에 유발하는데 끝없는 그리움과 동경의 존재인 아빠는 결정적인 순간에 큰 힘이 됩니다.

무엇보다도 바르트는 어떤 상황에서도 자신이 좋아하는 것을 하는 소년입니다. 심심할 때나 즐거울 때나 괴로울 때나 외로울 때나, 언제나 혼자서 노래를 부릅니다. 자신의 집 안에서 단 하나밖에 없는 문, 그 문을 열고 들어가 오롯한 자신만의 세계를 즐깁니다. 엄마의 약병들이 줄지어 놓여 있는 좁은 욕실, 오페라 가수의 꿈을 꾸는 것조차 버거운 처지라는 걸 잘 알지만 바르트는 그런 것과는 상관없이 꿋꿋하게, 혼자서, 자신만이 들을 수 있는 노래를 부릅니다. 어쩌면 그것이 진정한 꿈을 가진 사람의 가장 아름다운 모습인지도 모르겠습니다.

바르트가 최고로 꼽는 가수, 그런 바르트를 위해 창을 열고 거리를 향해 노래를 불러 보이는 브린 테르펠은, 실존하는 베이스 바리톤 가수입니다. 바르트가 주목받는 청년 가수로 성장하여 브린 테르펠과 같은 무대에 서서, 수줍은 열세 살 소년이 처음으로 학예회 무대에서 불렀던 모차르트를 함께 열창한다면 얼마나 멋질까 상상해 봅니다. 불가능한 꿈처럼 보이지만, 이미 세상엔 불가능해 보였던 꿈을 이룬 사람들이 많이 있으니까요.

노르웨이에서

손화수